CW01646055

Un peso en el mundo

Todos los derechos reservados.
Cualquier forma de reproducción, distribución, comunicación pública o transformación de esta obra solo puede ser realizada con la autorización de sus titulares, salvo excepción prevista por la ley. Diríjase a CEDRO (Centro Español de Derechos Reprográficos, www.cedro.org) si necesita fotocopiar o escanear algún fragmento de esta obra.

En cubierta: fotografía de © getIT/Shutterstock.com
Diseño gráfico: Gloria Gauger
© José María Guelbenzu, 1999
© Ediciones Siruela, S. A., 2015
c/ Almagro 25, ppal. dcha.
28010 Madrid. Tel.: + 34 91 355 57 20
Fax: + 34 91 355 22 01
www.siruela.com
ISBN: 978-84-16280-42-1
Depósito legal: M-2528-2015
Impreso en Cofás
Printed and made in Spain

Papel 100% procedente de bosques gestionados
de acuerdo con criterios de sostenibilidad

José María Guelbenzu

Un peso en el mundo

Siruela

Nuevos Tiempos

A Natalia Rodríguez Salmones y en memoria de Cristina Rodríguez Salmones por tantos años de cariño y amistad.

El alma da una orden al cuerpo y es inmediatamente
obedecida. Pero cuando el alma
da una orden a sí misma, se resiste.

San Agustín

Uno

Yo tendría que haber muerto hace ya unos años. No ha sido así y vivo con pesar. Además, las cosas no me importan.

No irás a decirme que te has recluido aquí por eso.

¿Recluirme? Sí y no. El mundo me ha echado.

Triste mundo. ¿Qué culpa tiene el mundo de que te hayas venido a vivir a este lugar?

¿De dónde vienes? ¿No miras a tu alrededor? ¿No lo has visto? Es sencillamente inaguantable. No respira, no piensa, no es más que un runrún de gente horrible, masas que se desplazan, lo pisotean, un auténtico barrizal; es tan desagradable transitar por él... Al menos aquí no tengo que soportarlo. Por supuesto que el mundo no tiene culpa, ¿qué culpa va a tener? Es, sencillamente, inaguantable. A mí me basta con eso. Además, las cosas no me importan, es la verdad. La vida se ha convertido en esperar.

No te lamentes. ¿Esperar? ¿Qué esperas tú?

La muerte, la certeza.

Oh, Dios mío.

Hablo en serio. No tengo ningún miedo. No importa nada.

No lo esperaba, venir aquí y encontrarte en esta situación. No tenías este aire cuando te llamé, estabas muy atractivo, muy estrella, el hombre que al fin dirige en paz su mirada al mundo, todo eso, ¿no? ¿Qué pasa ahora? ¿Te estás haciendo el interesante? Bueno, el viejo maestro de seducción sigue haciendo su labor de zapa, te conozco, te recuerdo bien. Dime, ¿te escondes también de las mujeres, además de las masas?

La mujer es el misterio, la masa es la bestia.

Ya veo. Bueno, confío en que podamos hablar a pesar de todo, no ahora, claro, hasta que no bajes a tierra. Mis cosas, por ejemplo, supongo que estarán entre las que no te interesan, pero a mí sí. No es nada misterioso, ya lo siento por ti, sólo confusión, como te dije. Te enteraste, ¿no?, te enteraste cuando hablamos.

Me interesas, me interesas, como siempre. Te equivocas si piensas otra cosa. En realidad estoy contento de que hayas venido, me satisface.

Que tipo tan egoísta.

Sí, eso me halaga, no te lo niego. Esa imagen del hombre sabio y viejo que lanza su mirada sobre el mundo es cómica comparada con la realidad de este lugar. Aquí sólo puedes poner la mirada en la rutina, en la repetición. Todo el mundo hace lo mismo todos los días. No se descansa, no es un retiro, sino que has de estar luchando para no convertirte definitivamente en un idiota. Y cuando al cabo de un tiempo interminable llega el verano y viene gente nueva que lo llena todo, sólo vienen a contemplarse veraneando como animales que deambulan de un lado a otro buscando comida y repitiendo lo mismo día a día, mismos gestos, mismas conversaciones, mismo comportamiento salpicado de pequeñeces que hay que convertir en asuntos de importancia para no desfallecer de aburrimiento... Nativos y turistas son la cara y cruz de la misma moneda. Esto es el mismo mundo, no hay quien lo evite, pero sin tanto ruido y sin tanto barro. Ay, no me quedan más que los libros para poder conversar. Estoy de prestado, debería estar muerto.

¿He venido a hablar de ti o de mí?

De ti, por supuesto, soy un egoísta, no hago más que lamentarme, lo que quieras, pero deja que te hable, ten piedad; ¿sabes que a veces me he sorprendido hablando con los árboles? ¿O qué crees tú que son la soledad y la caducidad unidas? Sí, sí, la caducidad, no hagas muecas.

Sin embargo, sigues reflexionando. Me recuerdas al Don Juan:

In youth I thought because my mind was full

*And now because I feel it growing dull.**

¿Eso decía?

Sí, con un cambio de verbo, eso decía.

¿Don Juan Tenorio?

Don Juan de Byron.

No lo he leído. En fin, si uno se pone a hablar con los árboles es que, en cierto modo, se le está secando el pensamiento, por eso imploro piedad. Byron ¿no era un romántico fantasioso? Pero, mira, ni siquiera has deshecho la maleta y aún tenemos que cenar. Déjame protestar. ¿Es que no vas tener compasión de un pobre solitario? Hablaremos de ti, hablaremos todo lo que quieras, un día, dos días, tres... Por cierto, ¿cuánto tiempo vas a quedarte?

No lo sé... No mucho... No puedo... Tampoco tengo tanto que contar. Sólo he venido a buscar... lo que te dije, un poco de orden. No es cuestión de tiempo, no sé lo que es. Eso: hablar, ver qué pasa, a lo mejor cambia algo o se ven las cosas de otra manera, ¿no? Como el escritor cuando escribe ¿no?, que se coloca ante sí, en el papel, las cosas que lo atormentan.

Eso yo no lo sé, tú lo sabrás mejor. ¿Así que voy a hacer de papel?

Anda, no seas rancio. ¡Hacer de papel! Además, tú nunca has escrito ni yo tampoco, literatura, quiero decir, no sabemos lo que es eso; sólo hemos llegado a ser lectores.

Sí, sin duda, lectores que sacan un gran partido a sus lecturas, por cierto. Yo te di clases a ti, tú se las das a tus alumnos, alguno de ellos se las dará a tus hijos... Ah, pero la literatura es más agradecida que la filosofía y yo te perdí muy pronto...

Qué horror, qué horror, cállate; te estás poniendo cursi, y pesado, y puede que acabes de patético, que sería lo peor. O a lo mejor es que siempre has sido así y ahora, con la distancia, se te nota todo, yo te lo noto.

Me tenías en un pedestal...

* «De joven, yo pensaba porque mi espíritu se desbordaba / Y ahora, porque siento cómo se me va entorpeciendo». (El original inglés no dice *thought* sino *wrote*.)

Mira, no, cambiemos de asunto, no me divierten tus gracias en este momento, lo siento, no me apetece.

Mis excusas. Sólo trataba de evitar que nos pusiéramos serios; porque es tarde, en primer lugar, o, dicho de otro modo, es una hora tardía para ponerse a hacer nada. Pronto será hora de cenar y yo soy un hombre solitario y caduco, pero no pobre, así que te invitaré a que salgamos a tomar algo enseguida, porque aquí no hay vida nocturna y, a la hora en que en Madrid empezáis a cenar, sólo encontraremos calles desiertas y locales cerrados. Y, por último, las conversaciones fuertes, en contra de lo que la gente cree, son propias de la primera hora de la mañana, que es exactamente cuando aceptaré que me hables de ti, quizás a lo largo de un hermoso paseo sobre lechos de hojas secas, después de desayunar. Mañana veremos.

Eso me parece un plan estupendo.

¿Tu marido, bien? ¿Tus hijos, bien?

Muy bien. Bueno, ya sabes que nunca está todo bien, pero muy bien, sí. Todos estamos bien. Aunque te parezca increíble, de eso también tengo que hablarte. Que todos los problemas fueran ésos, ¿no?, ir bien. A lo mejor, si no fuera todo bien, no tendría el problema que tengo, qué historia. Pero bueno, en lo que tiene que ir bien una casa, una familia, todo va bien, sí. Y no son hijos, son hijas.

¿Siguen siendo dos?

Dos.

Dos hijas, ¿eh? Bendito padre, qué vida regalada le espera; dos mujeres que lo atenderán toda la vida. Las hijas nunca abandonan al padre.

No digas tonterías. Las hijas abandonan al padre cuando el padre es un pelmazo. A ti te habrían abandonado, sin la menor duda, y estarían tan contentas junto a su madre, que también te habría abandonado, pensando de la que se han librado y... Oh, Dios mío, perdona; creo que he metido la pata hasta adentro.

No. Ninguna pata. Temo que me estaba haciendo otra vez el interesante, como tú dices. Olvídalo. Sara está muerta y no tuvimos hijos, así que no hay daño.

Ya, pero recordarte a Sara así... Lo siento, lo siento de veras.

No lo sientas. Si lo sientes, atraerás la tristeza. Tu venida es una alegría para mí, me reconforta, me excita, incluso. Eso es lo que está bien. Además, como sabes, el tiempo se ocupa de barrer todos los rincones. Ahora sólo pienso en mí mismo; no te diré que me entusiasme el resultado, pero pienso en mí, es decir, en lo que está, no en lo que no está. Esto he hecho, esto he dejado de hacer, esto pude... La crisis de contingencia *revisited*. Te diré que es otra forma de recordar, no es aún la de la ancianidad, pero sí que es la última ocasión antes de entrar en la ancianidad. El anciano recuerda de otro modo: no se cuestiona, sino que sólo trata de aferrarse a la mayor cantidad de cosas que su memoria pueda retener. Debe de ser espantoso, ¿no te parece?

No. No me lo parece. Es lo que quieren tener, ¿no? Entonces, creo que está bien.

Temo que no me haya explicado. Quiero decir que es espantoso para mí, que no me apetece nada verme en ésas, ¿comprendes?

Sí, pero ¿qué puedes hacer? Cuando te veas en ello te parecerá bien.

¡Pues eso es exactamente lo que odio! ¡Que ya no seré el que te está hablando, sino otra cosa! ¡Un viejo, un viejo decrépito! En fin, lo que detesto de este asunto es, justamente, saberlo, anticiparlo, eso es lo que me deprime.

Espera a que te suceda y ya hablaremos de ello.

¿Hablar? Pero si no podré; habré perdido lo que soy ahora, seré solamente un viejo que cree que recordar es el único modo de retener la vida que se le escurre entre los dedos...

Lo de la arena y todo eso, ¿no?

La arena, el polvo, ¿cómo era aquello del puñado de polvo...

*I will show you fear in a handful of dust.**

... que se escurre entre los dedos? No, ése es uno de tus ingleses...

Eliot.

Exacto. Eliot. Pues bien, yo no hablo de miedo, hablo de una patética forma de perder nada, porque los recuerdos ya no son

* «Te mostraré el miedo en un puñado de polvo».

nada ni sirven para nada, que se convierte en la única manera de seguir vivo. Ahí está el horror.

Yo pienso, sinceramente, que eso es miedo y que la imagen de Eliot es maravillosamente útil en este caso.

Creo recordar que no hablaba de lo mismo.

No exactamente, pero tampoco tú eres el Rey Pescador.

Por favor, olvidemos los juegos de ingenio universitario. Yo ya no tengo nada que ver con ellos, los detesto y, además, me parecen una excrecencia oxoniense. ¡Fuera con ellos! Yo estaba hablando de otra cosa. Maldita anglicista.

Me encanta que digas eso: ¡maldita anglicista! Eso es muy tuyo. Ya me siento mejor.

¿Verdad que sí? Yo también me siento mejor; no hay nada como recuperar sensaciones. Pero es lo que te digo: en soledad la recuperación tiene algo de enciclopedia horrible; en cambio, en compañía, se comparte. ¡Qué diferencia! Las palabras, las sensaciones, las emociones, los argumentos... renacen, se enredan, se alimentan entre sí, bien lejos de la dramática vaciedad del eco. Creo que tu venida es magnífica, magnífica.

Qué bien, qué bien, me encanta. Pero no olvides que he venido a contarte algo.

Sí, lo sé, a buscar un orden. Tu juventud te lo permite. ¿Cómo no iba a aceptarlo?

Ay, Dios mío, no sé si estás para escucharme.

Claro que no, acabas de llegar, esto no es un confesionario, donde uno va al grano nada más arrodillarse. «Ave María purísima», dices tú; «Sin pecado concebida», contesto yo; «Padre, me acuso de ser desordenada y no comprenderme». No te rías, ¿sería ésta una forma de empezar a hablar después de tanto tiempo?

Ha pasado mucho tiempo, es verdad, desde la última vez que nos vimos en Madrid. ¿Cuántos años? Buf, no lo recuerdo. Pero no lo parece, estoy hablando como si fuera lo normal, como si hubiera sido hace meses. No es lo mismo hablar que escribir cartas y, sin embargo, ahora que estoy aquí pienso que el lenguaje de las cartas era mucho más tieso, ¿no?, que hablar contigo ahora. Pero también le debo a nuestra correspondencia el hecho de estar hoy aquí, de hablar contigo.

Tus cartas han sido un hermoso hilo de vida durante todos estos años.

Para mí han sido un hilo de sabiduría y serenidad, mi querido maestro.

Es muy grato oír eso.

Me alegro. No me resignaba a perder lo que había de bueno entre nosotros.

Sí, eso era lo que más me asustaba. No sé si te das cuenta, pero la Facultad me daba miedo. Bueno, no era exactamente la Facultad, sino el aula. La Facultad impresionaba, es verdad, sin embargo, el aula era *mi* sitio dentro de la Facultad y se convertía en algo muy personal, ¿no? Me asustaba y me excitaba a la vez. En el edificio una podía perderse o escaparse, pero en el aula tenías que estar tú, tú misma, se acabó, ahí es donde empezaba el curso y yo tenía miedo, había muchas cosas detrás de ese momento y, claro, estaban por delante cinco años de tu vida, era de susto. A mí, por primera vez, me parecía la hora de la verdad, nunca me había enfrentado a una cosa así porque el colegio era otra cosa, estabas como encarrilada, ¿no? Eso era lo que sentí también entonces, que podía ir a mi aire, sin nadie encima, era la libertad, lo que también me asustaba, porque yo me daba cuenta de que en ese edificio ajeno, pero abierto, yo sólo dependía de mí y no conocía a nadie. Y entonces pensé en mis padres, fíjate. Me acordé de la vida pequeña de casa, que era entrañable a pesar de todo lo que una chica a esa edad piensa de su casa. Todo lo grande que era lo que se me abría por delante, al fin, venía de lo pequeño de casa. Porque mi padre se instaló en Oviedo como empleado cualificado de Renfe, pero mi abuelo era analfabeto. Y todavía en casa no había más que lo justo para comer y vestirse, pero a mi padre se le puso en la cabeza que a mí me tocaba llegar lejos. No es que fuera feminista, es que yo era la única hija y no había otra opción: eso es lo que me llevó a la Universidad. En este país ha habido mucha gente así, empleadillos o gente de oficios diversos que han conseguido que sus hijos obtuvieran título universitario a costa de privaciones de todo tipo y sin esperar otra cosa que el triunfo del hijo; como una redención interpuesta, digamos. Luego, sucedía a menudo que el hijo se desclasaba y se avergonzaba de los padres, pero eso es la vida implacable. En fin, el arco que va de un abuelo analfabeto a una nieta que buscaba licenciarse en Filosofía es como la historia del siglo en este país. Ahora mis hijas pertenecen a una burguesía culta, harán sus estudios universitarios sin mayor problema y no sé si pasarán a engrosar las listas del paro o conseguirán un trabajo enseguida, pero si sucede lo primero, es probable que, mientras llega lo segundo, puedan dedicarse a viajar por el mundo y a conocer la vida. Qué abismos, ¿no? Mi madre, en cambio, me apoyaba por convicción; no necesitaba saber si lograría licenciarme; lo deseaba con todo su corazón, simplemente por mí y por nada más. Es lo que sucede con las almas sencillas: sólo quieren que te vaya bien y les da igual cómo, así que te apoyarán tanto si quieres ser conductora de taxi como cosmonauta, esposa y madre o agente de cambio y bolsa. Mi padre no, mi padre tenía ambiciones, no le bastaba cualquier cosa. De haber sido hombre, no me hubiera librado de hacer una carrera técnica, quiero decir: Ingeniería Industrial, Caminos... Ya sabes, tener un hijo ingeniero. Para una mujer, en cambio, una licenciatura en Filosofía era un buen expediente; yo creo que le parecía más apropiado que una licenciatura en Derecho. Podía ser profesora, y ¡catedrática! Ahí estaban la posición social y nada de la lucha competitiva del día a día en la empresa privada, o en un despacho de abogados, que para una mujer le parecería demasiado violento. Supongo que a la vista de cómo ha evolucionado la sociedad, quiero decir, aquí y también en todo el mundo, convertir a su hija en ingeniera de caminos o abogada combativa le habría parecido más tentador hoy por hoy. Pero si te fijas de dónde viene mi padre, para él el peso de la púrpura profesoral se asentaba en el poder, el respeto y la estabilidad, así que, de hecho, colmé todas sus aspiraciones. Si llega a saber lo que es la lucha sorda y sucia por un hueco en la Universidad, se muere del susto. Estas ideas de los padres, siempre queriendo guiar al destino con sus manos pequeñas, con sus esfuerzos íntimos, con su amorosa impericia...

no me consuelan, pero me producen ternura, sí, ya ves, al cabo del tiempo y convertida en madre. Pero es al cabo del tiempo cuando te percatas de esa ternura, no tiene mucho que ver con el hecho de ser madre, ahora que lo pienso: el tiempo te devuelve una comprensión que no esperabas, mientras que la maternidad tiende a recluirte en un recinto acotado por el amor exclusivo, eso es lo que pienso ahora. No he defraudado a mi padre ni a mi madre, cada uno se felicita por mi estado y ahí descansa toda su vida. La mía, en cambio, como me pertenece con todas sus consecuencias, es un modelo de inestabilidad. ¿Se lo podría contar a ellos? Imagino su incomprensión y también eso me resulta tierno, por eso cuando voy a verlos les cuento lo estupenda que es mi vida, por lo mismo que cerraré sus ojos cuando hayan muerto. ¿Qué tal? No me mires así, te estoy hablando en serio. No es nada sencillo explicar que todo va mal cuando todo va bien. Porque va bien, todo va bien, mi padre tenía razón y, en el fondo, ha sucedido lo que tenía que suceder, sus previsiones eran ciertas, su orgullo era legítimo. ¿Qué importa cómo he llegado hasta aquí, qué importan las vueltas absurdas que he dado para llegar al sitio donde, en su ingenuidad, mi padre me reservaba plaza con una fe que para sí la quisiera el cura de su pueblo? ¿Cómo le explicas que un día puede suceder algo tan importante como para abrirte el suelo bajo los pies y tragarse esa vida tan bien resuelta? Dios mío, la vida es muy complicada. Yo tendía a pensar que éramos nosotros, pero es la vida, o el destino, o el azar, no sé bien cómo llamarlo. De repente, una sacudida sísmica se lleva por delante tu casa, tu sitio. ¿Qué se hace entonces? ¿Qué culpa tiene nadie? Es la vida. Creíamos que era segura, mi padre creía que era segura, que era una cuestión de sumandos que da un resultado, un poco con la ayuda de Dios, como decía mi madre, qué graciosa, un poco, pobrecita. Pues no; y me río de tu odiado mundo y de tus masas y del barrizal, mira por dónde. Puede que a ti ya no te afecte nada, pero a mí, sí. Y dudo que a ti no te afecte nada. El demonio del mundo moderno es la inseguridad ¿no? El demonio. Me admira su astucia, qué tipo tan listo. Ya que no puede tentarnos al estilo clásico, nos siega la hierba bajo los pies. ¿Quién es capaz de fundar nada en esas condiciones, ni una familia, ni una tranquilidad? A mi padre ya no le afecta nada, porque la inseguridad lo más que puede hacer con él es matarlo. Él tiene un antídoto: morirse. Pero ¿y yo? ¿Qué hacemos nosotros cuando empieza el movimiento sísmico? Echar a correr, con la cabeza en su sitio o perdiendo la cabeza, pero echar a correr. Y tú harías lo mismo, no te engañes, no estás tan muerto como pretendes; estás tan poco muerto que todo lo de hacerte el noble viejo debe ser un exorcismo para esconder lo mismo que quiero esconder yo: el miedo. Eso es lo que ocurre cuando echas a correr despavorida por el terremoto: que te empuja el miedo y correr se convierte en un esfuerzo sobrehumano. ¡Pues yo no quiero! No quiero echar a correr como una loca, sino buscar dónde poner los pies, aunque no sea más que para dar otro salto a otro punto de apoyo. Lo malo es que no sé dónde estoy y a la vez vivo en una situación en la que todo va bien, ciertamente bien, todo es como se pretendía que fuera y la familia es tan ideal como un álbum de fotos en colores.

¿Y cuál fue el trabajo que presentaste?

¿El qué? Ah, una traducción comentada de las *Odas* de Keats.

Vaya. El Romanticismo... Te diré que este invierno es más bien tempranero, como lo ha sido el otoño, porque aquí las hojas de los castaños de Indias comienzan a caer ya a finales de septiembre; este año se ha echado encima tan pronto que, a estas alturas, el frío no ha dejado ni rastro del romanticismo otoñal, pero el día no va del todo mal con Keats, ¿no te parece?

Si es como hoy, me gusta, me tranquiliza. Es más, creo que voy a tomar otra tostada.

Anoche estabas tan cansada que nunca imaginé que fueras a madrugar tanto. Te aseguro que me quedé boquiabierto al verte aparecer esta mañana por la cocina vestida de paseo. Yo esperaba sorprenderte con uno de esos míticos desayunos campestres que tanto os emocionan a los urbanitas. ¿Mermelada de moras? Es deliciosa.

Gracias. Esta mañana salí a dar una vuelta. No me preguntes. Últimamente me basta con dormir cinco o seis horas.

Pues ten cuidado porque es muy fácil desaparecer en la niebla, sobre todo si tarda en levantar. No es el caso hoy, pero puede serlo mañana.

Sólo he dado vueltas alrededor de la casa. Te aseguro que *vi* la niebla cuando salí.

Excelente.

¿Sabes?: me he quedado prendada de las telarañas. No estaban a la vista y, de pronto, no sé cómo, quizá la niebla retrocedió dos pasos, el caso es que aparecieron en la cerca, entre los alambres, cuajadas de gotitas de agua diminutas, qué aparición tan maravillosa. Entonces es cuando me he dado cuenta de que estaba en el campo, que me había ido de Madrid y que estaba aquí. Ha sido un golpe de sentimiento.

Bien. Por este camino podríamos seguir hasta perdernos, pero no es conveniente. Te propongo regresar a casa y, si te apetece, seguir hasta la Villa.

O sea, doscientos metros más allá. Anda que no eres pomposo.

Hablo con propiedad y me precio de haberlo enseñado a mis alumnos. ¿No has observado que tú misma hablas bastante bien?

Te recuerdo que he hecho una licenciatura en Filología.

Bah, Filología Inglesa. Yo no me refiero a tu inglés, sino a tu español. Mis clases de Filosofía las impartí en el mismo español con que te hablo ahora; y a ti, como a los demás, siempre que estuvieran mínimamente atentos, les enseñé, entre otras cosas, a hablar mejor. Pero ¿recuerdas por qué razón, sobre todas, mis mejores alumnos acabaron hablando bien?

Nos obligabas a exponer oralmente. Lo recuerdo perfectamente y con terror.

¡Terror! Nunca me han interesado los blandos. De hecho, sólo obligué a exponer a los que consideraba los mejores... En fin, hasta que me harté, pero eso es otra cosa y, además, sucedió bastante después de que tú pasaras. Pero a lo que íbamos: yo buscaba ese terror, como tú lo llamas, buscaba gente capaz de afrontar, viniendo como palomos del colegio, ñe, ñe, ñe, de curas y monjas, la exposición de un tema, así, a pelo y de cara al resto del aula. Yo buscaba espíritus fuertes. Y encontré espíritus fuertes.

Y casi los matas. Yo estuve a punto de volverme tartaja.

Ah, ¿sí?, ¿y qué pasó?, ¿te volviste tartamuda?, ¿eh?

No, pero...

¡No hay peros! En este mundo se puede ser bueno, muy bueno o el mejor. Decidamos.

Eso me hace pensar en una historia... Lo digo por lo de bueno, pero me lo recuerda en otro sentido: en su sentido de bondad como virtud, no de competición. Es curioso; ahora que lo pienso, debe ser el primer problema serio de mi vida; por lo menos, que yo recuerde. Me da risa contarlo, pero es verdad, fue un problema. Era en verano, en el pueblo, en el pueblo de mis padres, que es adonde íbamos. Yo creo que a mis padres los debía considerar un poco raros el resto de la familia, porque sólo tuvieron una hija. En cambio los tíos, cómo decirte, eran todos familia numerosa. Total, que nos reuníamos..., déjame contar, ocho y seis y yo: quince primos. Yo llegaba con mis padres en agosto y nos tirábamos el mes entero en el pueblo, felices como perdices, ya te puedes imaginar, quince niños todo el día de arriba para abajo, haciendo barbaridades. La casa tenía un huerto en la parte de atrás, ya no me acuerdo de todo lo que había en el huerto, una higuera enorme que subía hasta el tejado, pero cuyos higos nunca maduraban a tiempo porque los higos son de septiembre. También había un tilo gigantesco. Y en el centro había unos bancales por los que jugábamos y que debían quedar hechos polvo, ahora que lo pienso; tampoco me acuerdo de qué es lo que había en los bancales, no sé si tomates, a lo mejor, o yo qué sé. No, ahora que lo pienso, eran como aligustres, qué raro. Bueno, el caso es que jugábamos allí, en grupos, claro, según las edades. Yo era de las mayores, debía tener doce o trece años, y ya pensaba por mi cuenta. Y había un primo, un poco mayor que yo, que se dedicaba a chincharme. El caso es que yo estaba tan harta de él que una mañana nos enfrentamos, no recuerdo el motivo, y, en un momento dado acumulé tal rabia contra él que me dejé caer al suelo y me eché encima del vestido, porque era domingo, sí, y estábamos esperando ir a misa, me eché encima del vestido tierra que cogí del suelo y me puse perdida, vamos, de tener que cambiarme, y empecé a gritar «mamá, mamá, mira lo que me ha hecho Rafa, mamá». No te quiero decir la que se armó. Llegó mi madre, llegaron mis tías, me vieron cómo estaba y Rafa se ganó una bronca de aquí te espero. La verdad es que al pobre Rafa se le saltaban las lágrimas de indignación, pero, cuanto más gritaba que me lo había hecho yo, más enferma se ponía su madre, que le gritaba: «¡No mientas, no te aguanto que mientas!», y le acabó dando un par de pescozones. Me acuerdo muy bien de su cara, tragándose las lágrimas como podía, temblando de santa ira, consumido por la increíble situación que le impedía valerse y que le debió, parecer la injusticia más grande que se hubiera cometido nunca con un ser humano. Estuvo sin hablarme una semana entera, por lo menos. Pero, en fin, eso no es más que la anécdota. Lo importante, que es por lo que lo recuerdo, es que yo estaba tan campante. Estaba satisfechísima de lo que había hecho y, por supuesto, sabía muy bien que era una maldad y veía con toda satisfacción la cara de impotencia y desesperación de mi primo, abrumado por su propia razón, incapaz de concebir, en aquel momento, que hubiera un ser tan malvado sobre la tierra como era yo. Bueno, todo pasó, supongo que me cambiaron y fuimos a misa, en fin, cosas de niños. Pero esa noche no pude dormir. No pude dormir, no porque me sintiera culpable sino por todo lo contrario: porque no me sentía culpable, porque era consciente del mal que había hecho y me parecía bien. Y eso de que el mal me pareciera bien me dejó estupefacta, como si hubiera descubierto un espacio en el mundo que hasta entonces no conocía. No quiero decir con eso que estaba dispuesta a prosperar por ese camino, no; es más, no pensaba en explotar esa nueva forma de actuar, no contaba con volver a hacerlo. Era consciente de que se trataba de una maldad; simplemente, no me importaba haberlo hecho, no me arrepentía en absoluto, me sentía a gusto, sin remordimientos. Así, tal cual. Y yo me decía (aquella noche, sentada en la cama con las piernas cruzadas, me movía de atrás adelante, me frotaba las rodillas con las manos a cada vaivén, eran gestos nerviosos y contenidos, sentada de cara a la luz de la plaza que me llegaba a través de los cristales de la ventana, mi prima durmiendo al lado), me decía que estaba ocurriendo algo impresionante, algo que no podía entender, pero que me producía una emoción intensísima. Estaba excitada y tenía miedo, para ser precisa. Entonces, al rato de balancearme, sentí que lo que me excitaba era el miedo.

Eso es, eso es; me estás contando tu primer encuentro con el mal.

Yo me decía: pero ¿cómo es posible que no hayas caído de rodillas pidiendo perdón? No a los demás, ni Rafa, ni a los mayores, no, pidiéndome perdón a mí misma por haberlo hecho, a Dios que todo lo ve, el perdón íntimo, ¿no? Pues nada. Y me preguntaba también: ¿cómo es que no te fulmina un rayo? ¿Cómo es que Dios puede consentir semejante desafío? Ésa era la verdadera revelación, que me atravesó como el frío, y por eso sentía miedo; porque era nuevo y contravenía todo. No sólo era la primera constancia de que a una mala acción no le sigue necesariamente un castigo. Era que el miedo, una mezcla de atracción y nervios, estaba allí, al otro lado, en el espacio nuevo que acababa de crear con mi acción; y lo que me producía escalofríos era pisar allí; no por volver a hacer el mal, ni siquiera por volverme mala. No: era que había descubierto un nuevo territorio, un territorio impensado, y me daba cosa internarme en él, porque era desconocido y porque en él parecían no valer, o no valer suficientemente, las reglas por las que hasta entonces se había regido mi vida, la reglas de la seguridad, el orden y las cosas bien hechas. Eso es el miedo a lo desconocido ¿no?, un temblor fascinante.

Me admira tu precocidad.

¿Es que crees que una niña no puede sentir eso?

Una niña precoz, sí. Tú eres el ejemplo.

No tienes ni idea. Cualquier niño siente eso, es una sensación inevitable que te atrapa más pronto de lo que tú crees. La cosa está en entenderlo. Yo entonces no lo entendí en el sentido en que lo formulo ahora, pero en mi conciencia, esas sensaciones provocaron una sacudida total. ¿El hecho de que no pudiera analizarlo rebaja un pelo el efecto sobre mi conciencia? Pues no, claro que no.

Vamos a ver si te he entendido bien. ¿Quieres decir que la constancia del mal afecta por igual a todo niño a una cierta edad?

Buf. Tu asignatura la aprobé en su momento, gracias. No intentes llevarme por el lado de la esgrima mental.

No. No. Se trata de que expongas tu posición.

Pues, mira, no pienso hacerlo. ¿Te has enterado de la escena que te acabo de contar? Ahí está todo lo que quería contar; no pretendas que ahora haga un discurso. Eso sucedió y sucedió así.

Extraordinario. Pues escribe un cuento. Tengo entendido que la buena literatura es capaz de contar esas cosas y conmover la conciencia del lector y hacer que crea que son vivencias auténticas.

Entramos en la Villa.

¿Esto es un grosero cambio de conversación?

Volvíamos a la Villa, ¿no?

Muy bien, me rindo, tienes razón. Se trata de hablar de ti. Pero también se trata de discutir contigo. No todo va a ser escucharte, cuando te conviene, acerca de lo que quieres. En medio de la confesión surgen ideas, ideas que podemos seguir. Estás hablando del mal y me interesa mucho. Sólo hacía una pregunta acerca de lo que estabas contando. No hay razón para huir. Estamos hablando, estás hablando. Déjame entrar.

Me parece que no me fío de ti.

¿De mis intenciones?

De ti, sí, de tus intenciones. Tú no quieres que hablemos de mí.

No has venido aquí sólo para que te escuche, ¿verdad?

Pues a lo mejor sí, a lo mejor he venido a eso, no lo sé.

No es verdad.

Te contestaría que no es verdad, pero también te digo que no lo sé.

Dime, ¿a qué has venido?

¿Sinceramente? A hablar. Sólo a hablar. Es más: puede que no me interese lo que tengas que decirme.

Tienes razón. Temo que he vuelto a ponerme en cabeza de carrera. ¿Será el resabio de profesor? Reconozco que por un momento has vuelto a ser mi alumna y eso ya no es cierto, ni en mi deseo, ni en tu intención, ni en la realidad. ¿Te enseño la Villa? La verdad es que, aunque me queje –me encanta quejarme–, es una hermosa villa y la he ido llenando de símbolos. A lo peor son manías, o construcciones, en vez de símbolos, pero tienen un valor para mí. Símbolos, imágenes, apariciones, sombras... No sé bien cómo llamarlas. Es una cuestión de supervivencia. Uno siempre conquista un lugar atribuyéndole cosas que te reflejan, marcas de tu existencia; debo decir que, cuando hablo de conquista, hablo como un paisano, no como un guerrero. Los guerreros operan de otro modo. ¿Quieres ver la población que es *mi* pequeño lugar de residencia?

Me encantaría ver lo que es *tu* pequeño lugar.

Te lo enseño.

Por favor.

¿En qué piensas?

En el mal.

El mal, otra vez. Y eso ¿qué es?, ¿ya lo has descubierto?

No lo sé.

Te puedo ofrecer una definición clásica: la ausencia del bien.

No me refiero a esa clase de mal.

¿Es que acaba de aparecer en tu mente?

Sí, exactamente. Viene de lo que te conté durante el paseo. Ahora lo vuelvo a tener dentro. No dejo de pensar en aquella escena. No sé si lo he dejado de pensar alguna vez en mi vida. No sé si continúa en el centro de mi vida. Las imágenes no vuelven gratuitamente.

¿Has vuelto a hacer algo así alguna vez?

No... que yo recuerde. No.

¿Es que no te has atrevido? ¿Es que no has querido?

Es que no ha habido ocasión.

Pero eso es increíble.

Lo sé. Tiene que haber habido numerosas ocasiones de actuar igual, tienes razón, pero no me acuerdo.

O has actuado y te ha parecido tan normal que no has reparado en ello.

¿Qué quieres decir?

Que una vez dado el primer paso, el segundo, o no es ni la mitad de impactante, o incluso entra a formar parte de la normalidad; ya es una situación conocida y aceptada. Por eso no le das importancia.

Parece lógico, pero no puede ser así.

¿Por qué no?

Me acordaría.

Ya empezamos con las contradicciones.

No. Te juro que me acordaría. Aunque lo hubiese asumido. Lo sabría.

¿Por qué? ¿Por el sentido de culpa?

Porque lo sabría.

¿Te das cuenta de lo absurdo de tu posición?

Entiendo muy bien lo que dices, está lleno de lógica, tienes razón. *Pero yo lo recordaría.*

¡Santo Dios! Mujeres. Mujeres. Inasequibles a la contradicción.

De inasequibles, nada. Yo soy perfectamente asequible a la contradicción, como te estoy demostrando.

Quise decir: a las conclusiones que emanan de una contradicción.

¿Y por qué han de emanar conclusiones? ¿No se puede vivir en la contradicción? ¿La contradicción es como un autobús, que te lleva a una parada determinada? Yo sé lo que es el mal, lo he hecho y lo he visto en el mundo; pero no tengo recuerdo de haber cometido otra maldad como aquella y, sin embargo, aquella, todavía me preocupa.

¿Sabes lo que te digo?: que será mejor que hablemos de tu asunto inglés o conseguirás volverme loco.

Está bien, de acuerdo. Pero ¿por qué he tenido que acordarme de aquella escena ahora, eh? ¿A ti no te llama la atención?

No.

La playa es muy cerrada, como verás. Por eso tiene tanto éxito. Todas las demás playas cercanas se encuentran demasiado abiertas al mar y la resaca es peligrosa. Yo la frecuento cuando acaba el verano, todos los días, porque es un lugar magnífico para pensar. Otoño, invierno y primavera. En cuanto a todos los días, miento, puedes imaginar que el tiempo no siempre me permite bajar. Más que el tiempo, la lluvia. Me gusta el mal tiempo, pero la lluvia te hace la playa imposible. El frío, el viento, la misma llovizna... producen una reacción vigorosa, hacen del paseo algo saludable y enérgico. En la playa uno puede pasear sin encontrarse con nadie; lo más que puede ocurrir es que alguien te observe desde la distancia pensando que eres un tipo raro, pero está lejos y no lo reconoces, con lo que te da igual, incluso te fortalece el ánimo. Lo único malo es que la playa, si cerrada, es también corta y no me gusta andar yendo y viniendo, con recorrerla una vez de ida y vuelta es bastante. Las otras playas son más extensas, pero ya sabes que yo no conduzco. Conducía Sara. Yo prefiero el autobús. Pero los autobuses..., no es como en una ciudad; te dejan expuesto a la inclemencia del tiempo, no hay cobijo, no pasan con frecuencia.

Sí, es extraordinario que no conduzcas, en estos tiempos, y más en un lugar como éste. Deberías intentarlo, ¿no? Aquí será fácil sacar el carnet de conducir y, en realidad, sólo harías trayectos cortos, sin riesgo.

Ah, no, el carnet lo tengo, pero conducir ha sido siempre demasiado fatigoso para mí. Y ahora a mi edad no es un problema de trayectos cortos o largos. Ni mi cabeza ni mi cuerpo están en condiciones de coordinar tantas cosas como es necesario para conducir un coche. Actuar y pensar a la vez... es demasiado. Sólo en caso de apuro me pongo al volante. Mi medio de locomoción son las piernas y mi médico dice que eso es lo que de verdad necesito, andar. Así que me proveo de un buen bastón, una zamarra o un chubasquero, unas botas, un sombrero impermeable y adelante. Estoy en forma, si quieres que te diga la verdad. Y si necesito algo más de lo que me da esta Villa, me voy a la ciudad. Una hora por ferrocarril. Aún existe el ferrocarril de vía estrecha, con sus encantadoras estaciones, que parecen sacadas de un cuento infantil. ¿No te parece idílico?

Contado, sí, parece idílico. Pero anoche te quejabas.

¿Me quejaba? Bueno, ya sabes, quejarse es un modo de hacerse querer.

Hace tiempo, no te quejabas.

Hace tiempo, querida mía, no necesitaba llamar tu atención de esa manera.

Pero es como un vino blanco.

Es blanco, sí.

Como... espera, que lo tengo... ¡Una mezcla de vino blanco y sidra!, ¿no?

La verdad es que eres muy graciosa, esa clase de expresiones tuyas son muy especiales, te lo digo en serio, no me mires así. Son las que más me recuerdan a ti.

Bueno, pues así será. No lo sé.

Esas comparaciones tan singulares que dan la sensación de querer estar ahí, no definirse sino de estar ahí. Puedes decir chacolí y ya está nombrado el objeto; pero no, tú siempre hablarás de esa bebida que tomaste y que era una mezcla de vino blanco y sidra. Hay algo muy tuyo en eso, que no ha cambiado nada. Parece que quieres hacer vibrar las cosas en vez de nombrarlas, algo muy raro pero vivo; es curioso.

En todo caso está buenísimo.

Y los vasos de chacolí, tan perfectos.

Sí, sí que lo son.

Para la mano, para los labios, para mirar el vino, para dejarlo aquí en la madera. Es el vaso mejor diseñado del mundo.

Es verdad, es especial.

En Madrid yo tenía una tía segunda, una prima de mi madre, y eso fue providencial. Si no, yo creo que hubiera estudiado en Oviedo por una cuestión de cercanía natural. Pero en Oviedo no me apetecía estudiar porque quería, sobre todo, cambiar. Clarín la llamó Vetusta y todavía era así, la verdad. Estaba tan antipática y rebelde que la prima hermana de mi madre resultó decisiva. Mi tía era un valor sólido para mi padre. Mi padre, a pesar de sus intenciones, temía que, abandonada en una ciudad distinta y a mi entera libertad, pudiese ocurrirme de todo, ¿no? Es curioso, porque cuando mi madre le comunicó que yo había tenido la regla por primera vez, estaba orgullosísimo y enseguida empezó a pensar en los nietos, que ya comenzaban a ser posibles. Se le veía optimista y feliz y, si quieres que te sea sincera, un tanto pesado con la idea de que, a partir de ese momento, yo estaba en disposición de continuar su estirpe. En cambio, cuando tuve que irme a Madrid, le empezó a rondar por la cabeza lo que a todos los padres de hijas adolescentes: que quién se iba a aprovechar de mí. Como si en Madrid se aprovechasen más que en Oviedo porque está más lejos. Pero, otra vez para mi buena o mala fortuna, mi insistencia, el deseo de que yo hiciera estudios universitarios y, sobre todo, la seguridad de que estaría vigilada por mi tía, pudo con todos los recelos y fijó mi destino. Y allí estabas tú, el catedrático eminente, esperando a la puerta del aula.

Eso sí que lo dudo.

Bah, es una manera de hablar. Con los aires que te dabas, a buenas horas ibas a esperar tú a nadie en ninguna puerta.

¿Aires? Nada de aires. Era natural. Yo era una eminencia.

Pues la primera vez que me clavaste los ojos no mirabas como una eminencia.

¿La primera vez? No me acuerdo.

Yo me acuerdo pefectamente.

Debilidad. Debilidades emocionales. Eso, esa vez, lo que fuera, es la anécdota. Lo verdaderamente importante es el sentido, el meollo. Lo demás es pura vestimenta que, si se altera o se cambia, afecta sólo circunstancialmente. Eso se aprende con el tiempo.

Pues se ve que debo ser muy joven. Lo que sí te aseguro es que me mirabas a todas partes menos a los ojos.

Eso no puede ser cierto. Yo me precio de mirar a los ojos, justamente, y detesto a las personas que están esquivando la mirada del otro mientras hablan.

Pues eso lo habrás aprendido también con el tiempo, como tú dices. Lo que yo te digo es que estábamos en el seminario, hablando. Y digo hablando por benevolencia, porque tú hacías como que me preguntabas y te interesabas por lo que yo te decía y yo, como una tonta, exponiéndote mis inquietudes con la asignatura, lecturas de apoyo, en fin...

Te aprovechas de mi decadencia, por lo que veo. Es triste constatarlo.

Hazme el favor de no ser tan ganso. Además, te aprovechaste de mí, ¿no? Pues practica lo que dices: ése era el sentido, el... ¿meollo, dijiste? Me comías con los ojos y yo, en lugar de darme cuenta, te admiraba.

Pero yo creo recordar que llevaste una vida bastante suelta; es más, me atrevería a decir que una vida licenciosa. Yo no te seduje y tampoco pregunté; ahora bien, si no recuerdo mal, tú misma me contaste acerca de la vida airada que llevaste antes de que tú y yo...

Yo no he dicho que tú me sedujeras. Yo fui quien buscó el encuentro, pero el inflamado eras tú desde antes incluso de la conversación en el seminario, desde el día en que me descubriste en clase.

Te descubriste tú, perdona que sea preciso, porque hay que ver cómo ibas.

¡Ajá! ¿Ves como sí funciona el recuerdo? Yo, un día, me di cuenta de que me apetecía, y me halagaba, estar contigo, las dos cosas. Y no hice nada más que dejar que sucediera.

Diabólica habilidad. Eres tú quien lo desea y yo el que lo ejecuta.

Éramos los dos los que lo deseábamos. La diferencia por la que tú gruñes es la misma que hay entre atravesar una puerta o dejar la puerta abierta. Tuve que dejarte la puerta abierta.

Eso está magníficamente bien expresado. No es cierto, pero está bien expresado.

Pues, mira, en esa época, no creas, lo pasé bien y mal. Es un salto increíble el del colegio a la Universidad, sobre todo de un colegio de provincias a la Universidad de Madrid. El caso es que mi tía me vigilaba, pero, como es natural, lo que hay que hacer se hace en cualquier parte y a cualquier hora. De todos modos, mi vida disoluta era la que convenía a la época, o sea, muy poco disoluta. La disipación real se produjo después, y ésa sí fue fuerte. En la Facultad, con mi especial habilidad para dar con asquerosos intelectuales, me enganché enseguida a un grupo de teatro alienígena y mi vida quedó marcada para toda la carrera. Lo pasaba bien porque disfrutaba y lo pasaba mal porque me enamoraba. Es increíble, ¿cómo puedes enamorarte siempre? Incluso de ti me enamoré, y fue lo que más duró, pero ahí sí que me hiciste sufrir. El problema de enamorarse es ése, que sufres como una condenada porque, naturalmente, ellos nunca se enamoran de ti, por lo menos como tú lo haces, y ya se sabe quién es el ganador en esa historia. Luego ya no, cuando acabé la carrera y las oposiciones y todo eso, tenía ya mucho a la espalda y empecé a sentir de otro modo.

Es decir, que te diste al puro vicio.

Puro vicio, tú lo has dicho. Tenía tantas ganas de salir y de convertirme en una irresponsable después de todo lo que había tenido que luchar que aquello fue el desenfreno. Y no creas que me arrepiento, para nada, es como lo que te contaba de la canallada que le hice a mi primo cuando éramos pequeños. Se ve que me encanta el mal.

Es lo que más se disfruta.

Pues sí, qué quieres que te diga. Pero no por la transgresión, como diría el psicoanalista, sino por puro estar a gusto. Mientras no te canses, que te acabas cansando, como de todo, es estupendo chapotear en el cenagal.

No sé si te das cuenta de que siempre te refieres a eso con palabras despectivas: desenfreno, irresponsabilidad, cenagal...

¿Sí? Bueno. Puede que sea una manera de reírte de ello.

No lo dudo, pero me parece significativo.

¿En qué sentido?

En el de la culpa, por cierto.

¿Culpa? Estás tú bueno.

No lo aceptes, si no quieres, pero considéralo al menos. A mí me parece que en todo aquello debía de haber algo en lo que no te gustabas a ti misma, algo que quizá no has aclarado aún, y por eso, so capa de ironía, escondes un mal viaje por esa etapa. ¿Fue muy larga, por cierto? ¿Hasta que volvimos a encontrarnos?

Fue larga, pero se había terminado antes, entre otras cosas, señor don Listo, porque ya estaba pensando en casarme; no te hubiera costado mucho deducirlo. Pero me lo estás preguntando por coquetería, o por inquietud, o por las dos cosas a lo peor. ¿A ti qué te importa? Si te hubieras ocupado de nuestra relación con tanto interés a lo mejor hubiera acabado casándome contigo.

Y puesto los cuernos con otro del oficio.

No seas miserable.

No era posible. Estaba Sara, tú lo sabías y yo también. Eso estuvo siempre claro.

Vamos a hablar de otra cosa ¿quieres?, no vaya a ser que nos metamos por un mal camino. Lo que yo intento decirte es que enamorarse es una estupidez cuando lo que pretendes es simplemente ligar. Eso debería estar claro, habría que enseñarlo en la escuela, como quien dice. Pero con tanta sublimación de lo femenino...

Temo que siga igual.

Sí, sigue igual, pero no tan repartido por igual. Hay mucha gente que ya lo sabe.

Éste era un pobre país, enfermizamente ñoño y cursi, ¿qué quieres? Y tú no viviste el franquismo duro, que era sobre todo feroz, brutal, antes de que la ñoñería se adueñase de la vida de la gente. Primero matas o ves matar; luego, más tarde, sublimas. Hay que vivir. Hay algo emocionante en esa supervivencia, a pesar de la pequeñez de la gente.

Hay algo cruel en el silencio que conduce a la ignorancia. Hay crueldad y hay desamor, las dos cosas.

Yo, y no lo digo porque esté de vuelta, creo que el asunto no tiene arreglo. Que, unas veces por defecto y otras por exceso, al final el resultado es el mismo: uno tiene que arreglárselas solo.

Estupendo. Te encuentro ideal. No sé si he venido a contarle mi problema a la persona adecuada.

Ah, tu destino. ¿Qué vamos a hacer con él?

Qué *voy* a hacer con él.

Me refiero a tu consulta. Si vienes a consultarme es porque en algo voy a ayudarte a decidir, supongo.

Espero que me ayudes a poner orden, nada más, y no creas que es poco. Lo de decidir, es un asunto mío y sé que en eso no quiero ayuda.

Genio y carácter.

No. Desenfrenada que es una. En fin, que antes sufría más y luego menos y que eso tiene que ver con lo que te contaba. Yo estoy dispuesta a sufrir por amor, siempre que sea necesario, claro, pero por amor del bueno, del de verdad. Ése es tan magnífico que una hace cualquier cosa por él. Porque si no, si no es amor del bueno, lo mejor es desenfrenarse con el amante de turno y santas pascuas. Yo, ahora, que conste, estoy para pocos desenfrenos, en fin, ahora y hace tiempo, porque daña mucho al cuerpo y atonta el alma si es un desenfreno como el de entonces, tan seguido, tan constante, pero lo tengo claro: de uno en uno y con pausas. La edad no perdona.

Te recuerdo que sigues casada.

Lo que estoy diciendo es para cuando me quede viuda.

Pero tú, a tu marido, lo amas.

Sí, es lo que más se parece al amor del bueno.

Entonces no hagas planes.

No son planes, son pensamientos; te los estaba contando. No puedo dejar de pensar, ni tú, ni nadie que sea medianamente inteligente y despierto ¿no?

A mí me gustaría dejar de pensar, pero reconozco que no puedo porque la costumbre no perdona.

Ni puedes ni quieres. ¿Sabes lo que te digo?: que desde que he llegado aquí no haces más que quejarte y me extraña, porque no te recuerdo así.

No son lamentos, ni siquiera son quejas, como tú prefieres decir, en vez de lamento, que es una palabra tan hermosa. Me limito a ser consciente de mi situación y ésta es la que es. No puedo remediarlo. Entonces, si pienso en mi situación, me doy cuenta de cuánto pesa el tiempo sobre ella. Todo lo que puedo hacer es calibrar, medir ese peso, meditar acerca de sus consecuencias, pero ¿modificarlo? Es peso, suma de años, existe con independencia de mí. Puedo intentar cualquier cosa, locuras, pero no dejará de ser lo que es, eso es peso muerto. Me gustaría creer en el eterno retorno, o al menos en el tiempo recobrado, pero no me resulta aceptable; así que no me lamento, constato. Es un acto de lucidez, no un acto de debilidad.

Dime una cosa. No sé si me meto donde no me llaman, pero la verdad es que siempre me ha intrigado. Tú no sólo te jubilaste sino que te fuiste, sin más. Siempre me he preguntado por qué lo hiciste.

La respuesta es: motivos personales.

Yo pensé que era un desprecio. Es más, lo sigo pensando. Un desprecio a una Universidad agónica, endogámica, pequeña y cobarde. Tú nunca has estado en clanes, en ese mundo que desprecia a quien no se somete...

Te equivocas. Yo soy un producto de la endogamia, del clan, de la servidumbre...

No es cierto.

Es cierto. ¿Cómo crees que se llega a alcanzar una cátedra? ¿Por razones de competencia? Conozco personas muy competentes que hubieron de refugiarse en los institutos.

Yo sólo soy una profesora titular, pero da igual, todo el mundo necesita padrinos. Tú me ayudaste en un momento dado, te acuerdas. Sin embargo, nunca has creado tu clan, nunca has sacado fuera de tu cátedra a alumnos brillantes y te has quedado con los mediocres.

¿Cómo lo sabes? Te diré más: ¿cómo sabes que no perteneces a mi clan, como tú lo llamas?

¿Yo? No sé.

¿Qué estás diciendo? No lo dirás en serio.

Hasta en la dignidad hay pecado. Yo me fui porque no soportaba mi vida. Eso es todo.

No es verdad. Siempre te ha gustado enseñar.

Oh, enseñar. Bien, no toda mi vida era enseñar, pero, en todo caso, uno también se cansa de eso, de enseñar, especialmente si un día se pregunta por qué, por qué está enseñando; y también a quién, y para qué.

¿Para qué? Anda, demos la vuelta. Me estoy empezando a deprimir.

Yo, en cambio, tengo hambre.

Y yo creyendo que lo tuyo era el espíritu.

También.

¿Un bogavante? ¿Estás loco?

En tu honor.

Mi honor está por los suelos, no merece ni una triste sardina.

Pobres sardinas y pobre gente de ciudad como tú, que no aprecia las maravillas del mar. Este pequeño puerto de pescadores es un lugar elegido por los dioses. No bromeo, los dioses se alimentan aquí. Y comen sardinas, claro está; las del tamaño justo para las bocas de los dioses. Déjame que te enseñe. Desde que abandoné la enseñanza de la Filosofía, he dedicado buena parte de mi tiempo a entender los pequeños placeres que nos dan la vida. Observa que he dicho entender y no conocer, porque los conocemos, pero sucede, oh dolor, que no sabemos deleitarnos con ellos. Deleitarse es detenerse, apreciar, elegir, degustar y, después, acariciarlos con la memoria, esos placeres. Creo que te enseñaré a comer bogavante, porque imagino que has de ser de esas personas que se comen la cola, hurgan un poco aquí y allá, vacían un par de patas y, en definitiva, dejan lo mejor como desecho.

Los sabios ¡seríais tan maravillosos si no fuerais tan pedantes!

Me gusta ser pedante, lo confieso. Pero, mientras nos preparan el bogavante vamos a dar una vuelta hasta la punta del malecón; el viento de hoy trae el mar a la cara, ¿no lo sientes? Estás ante uno de los extremos de la belleza.

Es curioso que menciones la belleza ante el mar porque me estaba acordando de un día en el que andaba por Galicia, creo que en los alrededores de Bayona, pero no sé bien dónde; recuerdo un pinar, ¿era un pinar?, y abajo y al fondo, el mar. Yo estaba sentada, apoyada en un tronco y mirando al mar, también recuerdo arena, a lo mejor era una de esas llegadas al mar en que los árboles y las hierbas se entremezclan con la arena, como en la playa de Samil... En fin, a lo que iba: estaba dejando pasar el tiempo con una maravillosa sensación de felicidad en el cuerpo y en el alma.

Esto ¿cuándo era?

Yo creo que era el verano en que me licencié. Sí, lo recuerdo porque seguía llevando mala vida, desenfreno, ya sabes; después del corte volví al desenfreno, supongo que por olvidarme de ti por la vía de urgencia. También tenía que acabar la carrera; en mí van unidos el desenfreno y la especialidad de Filología Inglesa. Qué vicio, ¿no?

Bueno..., la vida licenciosa y la disciplina inglesa tampoco están tan alejadas.

Desde luego de tu ingenio lo está esto que acabas de decir. Pero, en fin, te sigo contando. Estaba yo tan feliz, en una especie de plenitud acordada entre los sentidos y el espíritu y, de pronto, yo creo que llevada por el deseo de disfrutar, o de llenar aún más ese momento, miré un libro que llevaba en la mochila, que asomaba por la mochila, mejor dicho, y que me dio ganas de leer. Debía de ser uno de esos libros de recopilación de las mejores poesías inglesas o algo por el estilo. Galicia, verano, soledad, lirismo, una carrera acabada..., te puedes imaginar, un respiro inmenso. En fin, el caso es que empecé a ojear aquí y allá, daba con versos que me hacían apartar los ojos para saborearlos mejor... Me deleitaba, ésa es la palabra exacta, me deleitaba. Y en una de las vueltas al libro, después de uno de estos transportes, empecé a leer la *Oda a una urna griega*, de Keats, y cuando llegué al final, ese final impresionante, ¿lo conoces?,

Beauty is truth, truth beauty, –that is all
Ye know on earth, and all ye need to know. *

me di cuenta de que estaba llorando porque al mirar al mar no veía nada. Y estaba llorando de felicidad.

* «La belleza es verdad, y la verdad belleza. En la tierra, eso sólo sabéis y es cuanto os hace falta».

Son versos mentirosos, tendrás que reconocerlo. Eso de que la verdad es belleza y la belleza verdad... En cuanto mires a tu alrededor descubrirás que no es cierto, no se necesita ir más allá. Mira este mar: él sí es belleza, pero por sí mismo, no tiene que ver con la verdad. La verdad es un concepto que hemos inventado los hombres, un artificio del pensamiento. Esa idea de que la verdad es belleza, y la belleza verdad, pertenece al Romanticismo y hace tiempo que se abandonó; pertenece a una época, a una manera de entender la vida que hoy sabemos que no responde a la realidad.

¿Tampoco a los sentimientos?

Los sentimientos son sacudidas emocionales y debemos dejarlos donde están, pero no sublimarlos.

Mi sentimiento era de felicidad. Mira tú este mar que está aquí rompiendo a nuestros pies, que nos moja con miríadas de gotitas. Esto es lo que yo percibo y esto es la realidad; y realidad es también la manera en que lo recibo y lo siento. Los sentimientos pertenecen a la realidad, profesor.

¿Qué quieres? ¿Ofenderme? Yo miro al mar, allá, hasta el horizonte, y recibo estas gotas que son su voz y, si me dejas ser un poco cursi, sus labios. Contemplo su extensión y recibo su humedad. A eso se llama amplitud de visión, pero no hago de una de las partes, del agua atomizada que me llega a la cara, un mundo, es sólo una parte, una forma de expresión del mundo llamado mar; no conviene perder eso de vista. Los sentimientos son como esas gotitas y nunca nos darán la dimensión del mar.

No sé si me estoy perdiendo. Yo te hablaba de una sensación de felicidad plena donde estaban reunidas la naturaleza y la palabra. Eso era belleza, una belleza intensísima, para mí. Y eso era tan verdadero como mi vida. Y te voy a decir una cosa: desde entonces, desde aquel día y desde aquella sensación, la belleza se ha convertido para mí en una razón de vida, me he movido hacia ella y he descubierto que las cosas verdaderas son bellas; hasta tal punto me muevo en esa dirección que así estoy ahora, precisamente, hecha un mar de dudas, tratando de saber dónde está la belleza de mi vida para poderme ayudar a tomar una decisión.

Yo no sé lo que es la verdad, a mí nadie me ha presentado a esa señora. En cuanto a la belleza..., no es más que un canon. Los cánones varían. El canon romántico, te lo repito, no está vigente.

La belleza y la verdad se sienten. No te hablo de la verdad de verdadero o falso sino de la verdad de la belleza, de la *certeza* de aprehender algo que todo tu ser te dice que es verdadero y bello.

No se tiene de pie lo que dices, salvo que estés volviendo a la exacerbación del sentimiento, tan propia del alma femenina. Además, confundes verdad y certeza.

Te estás haciendo viejo, Fausto, te estás haciendo viejo.

¿Fausto? Infausto debieron haberme llamado mis padres, a juzgar por la vida que he llevado. En cambio tú eres malvada, como todas las mujeres cuando se sienten acorraladas. Me has llamado viejo y es verdad, pero tú crees que tengo la cabeza cerrada y en ese punto te equivocas, la tengo muy abierta. Tú has venido aquí buscando orden, ¿no es así? ¿Has venido a pedirle a mi vieja cabeza que te ayude a poner orden en tu caos? ¿Has venido a pedírselo a una cabeza vieja y cerrada como la mía? ¿Ves? Tú misma te contradices, tú misma te pones las zancadillas. Por eso vienes a verme, para ver. Mira el mar, mira hasta el fondo, mira hasta la línea del horizonte, ¿lo ves? ¿No lo ves? No, no lo ves porque no sabes mirar y no sabes mirar porque no necesitas saber de dónde vienen estas gotitas de agua, te conformas con ellas. Este día es tan gris que lo confunde todo, pero allí está: hay una línea casi imperceptible a partir de la cual comienza el movimiento: de allí viene el mar, el mismo que, ya con toda claridad, rompe aquí debajo de nosotros, en la base del malecón, y luego salta atomizado en esta especie de polvillo húmedo que tanto te gusta. Obsérvalo en toda su distancia, desde el horizonte hasta acá, porque todo es mar. ¿Te confunde tu ojo? Ahora no, ahora tu mente está abierta y te ha permitido trazar la línea del horizonte. Ves el mar y ves el cielo, ahora llega todo hasta ti. Levanta la vista, mira el cielo, vuelve al mar. ¿Dudas ahora? No. Ya no. Ya sabes. Ya has visto. El ojo, sin la mente, es bien poca cosa. La mente, sin el ojo, continúa siendo tan poderosa que no sólo te sigue en tu interés por saber, no sólo tira de ti si dejas que la curiosidad te excite, sino que guardará lo que has visto, como esto que acabas de ver, y te lo devolverá cuantas veces lo necesites y en el modo en que lo pidas. Eso es verdad y es bello que lo sea: yo prefiero enunciarlo así.

Yo sólo sé que la *Oda a una urna griega* marcó mi camino.

¿Le gustó a Armstrong tu traducción?

No sabe español, no sé si te he dicho que es inglés y que su especialidad es el Romanticismo inglés, aunque sabe muchas más cosas.

Rectifico. ¿Le gustó a Armstrong tu estudio?

No era un estudio, era un proyecto, aunque he escrito ya algunas cosas al respecto. A él le interesa mi proyecto. La traducción es un acompañamiento que, en todo caso, él no puede valorar. Pero sabe que es una traducción excelente, aunque me esté mal el decirlo. Lo que pasa es que aquí no se valoran las traducciones para un currículum, se considera un trabajo de empleada de hogar comparado con lo que sería la señora de la casa: el estudio crítico. Y, sin embargo, te diré que las puertas que se me abrieron entre colegas ingleses que sí saben español lo fueron gracias a mi traducción. Pero eso se valora por ahí afuera, no dentro de casa. Mi traducción de las *Odas* abrió el camino a la consideración de mis trabajos, de mis intentos más bien, sobre los poetas románticos ingleses. Por ahí llegué a Armstrong.

Bueno. Estábamos en que la *Oda a una urna griega* marcó tu camino. ¿Y? ¿Qué tal? ¿Has sido feliz?

Pues, mira, he sido feliz cada vez que me he aproximado a aquella sensación que te he contado.

¿Lo ves? Sensaciones.

Y ¿de dónde crees que proceden tus pensamientos? De lo que ha llegado a tu cabeza por medio de tus sentidos, como todo el mundo. ¿El pensamiento da la felicidad?

Eso creí durante mucho tiempo; no que daba la felicidad, pero sí que producía satisfacción. Ahora también creo que la produce, pero sé que, en el mejor de los casos, es ya una satisfacción negativa o, quizá, estéril.

Pero el ojo también engaña; en cambio, las gotas de agua en el rostro, no.

Ah, sí, orientalismo, puro orientalismo. No me vengas con ésas porque yo pertenezco a la tradición cristiana de Occidente.

Estábamos en que habías terminado la carrera. Muy bien, ahí es donde yo te pierdo de vista.

Pues volví con mi madre a Oviedo y a pensar en mi futuro.

Que se presentaría negro, supongo.

Del color de la hormiga, tienes razón. Ahora venían las oposiciones y yo no estaba por esconderme a estudiar, sino por la vida alegre. Así que, si me volvía a Madrid, me estaba esperando la gente de la parranda, ah, que era otra parranda, porque en ese curso me había metido en el grupo de teatro, en fin, ya sabes, la verdad es que era divertido, todavía tengo nostalgia a veces, pero no tenía pinta de ser el ambiente adecuado para encerrarme a estudiar. He dicho nostalgia ¿eh?, no ganas de volver. Y si me quedaba en Oviedo, con mi madre y el resto de los habitantes de Vetusta, me podía pudrir en un año.

Y volviste a Madrid.

No.

¿No? Pero yo juraría... Cuando estabas metida en oposiciones... ¿no me llamaste después del primer examen? ¿No?

Sí, pero no, no me refiero a eso. Te llamé, es verdad, porque necesitaba una pequeña mano. Ya te has olvidado. Da igual. Por cierto, que te pedí una mano y trataste de cogerme hasta el codo. No, no protestes porque fue así. Después de tu magnífica despedida reivindicando tu relación matrimonial, después de tu dramático adiós, después de que yo me quedé poco menos que transida de dolor en brazos del destino cruel, lo echaste todo a perder intentando volver a las andadas. ¿No te acuerdas? Pues deberías acordarte porque fue por eso por lo que tardamos bastante tiempo en volvernos a encontrar, a recuperar el tono, a la amistad, lo cual sí que se convirtió en una buena cosa, y a que yo volviera a ver en ti a la persona que me había enseñado tanto, porque te diré que eras un buen profesor; es más, hoy estoy generosa: eras el mejor. ¡Quieto ahí!; no abras la boca, no te aproveches de mi euforia, que te sigo contando.

Sólo quería decirte que me siento rejuvenecer.

Pues no rejuvenezcas, que la podemos fastidiar. Escucha. Calla y escucha. Entonces es cuando aparece el azar, porque ese verano es cuando conozco a mi marido. Sí, aunque te asombre. Mi marido es también de Oviedo, es decir, no oriundo, pero vivía allí y estaba en las mismas condiciones que yo: carrera terminada y el mundo por delante sin saber qué hacer. Era abogado. En fin, que, aunque llevaba años en Oviedo, se me apareció como un marciano y me resultaba tan nuevo que me sentía como saliendo con un extraño, un veraneante o algo así, que en septiembre se volvería a Madrid, o a donde fuera, ¿no? Y me gustó, así de simple. Luego resultó que él me había echado el ojo un verano antes, o el otro, no me acuerdo, da igual, porque lo bueno es que se nos ocurrió el mismo plan: ¿y si nos íbamos a Madrid los dos, en plan piso compartido? Él tenía que decidir si opositaba o qué, yo quería enseñar y tenía que enfrentarme a mis oposiciones de Instituto, que era lo que pensaba entonces; en fin, nos podíamos ayudar y..., bueno, estábamos a gusto. No creas que era fácil, porque las familias..., imagínate si descubren que estamos los dos en la misma dirección postal; pero, oye, cuando se te ocurre un plan genial a esa edad no hay quien te pare. Yo, te digo de verdad, recuerdo toda esa historia como una aventura maravillosa, una emoción, unos planes, una sensación de futuro tan intensa... y, mira por dónde, en lo último que yo pensaba entonces era en el matrimonio, pero así es la vida. Lo que parecía una aventura especial llena de acción y sorpresa acabaría dando en lo que se tiene como la tradición por excelencia: un matrimonio canónico. Porque, eso sí, no me preguntes la razón, pero nos acabamos casando por la Iglesia. Claro que eso es más adelante, así que vamos a dejarlo por ahora. Lo que importa es que me planté en Madrid, en un barrio periférico, en un piso minúsculo y empecé a estudiar.

¡Pero no opositaste a plaza de Instituto!

No, ya lo sabes, volví a la Universidad, por eso te llamé. Pero sí que empecé a estudiar oposiciones a Instituto. Mira, no me des la lata con precisiones estúpidas que no te interesan lo más mínimo. El caso es que la vida en el piso se convirtió en una convivencia... y empecé a sentirme bien. No teníamos un duro, pero estudiábamos de firme y salíamos por las noches. La vida del estudiante es estupenda, porque puedes estudiar a la hora que tú decidas y, por las mismas, puedes parar y salir a airearte. Íbamos mucho a un local cerca de la calle del Pez, o por ahí, donde actuaba una pareja de cómicos que era tronchante, nos encantaban. ¿Te suena? Nada, ¿no? Es que tú eras muy mayor ya entonces, qué quieres que te diga.

Seguramente.

Pues fíjate, fue una vida estupenda, me centró mucho, y eso que abandoné a medio camino las oposiciones porque empezó a surgir la posibilidad de volver a la Universidad, en el primer peldaño de la escalera, pe ene ene, ya sabes, las oportunidades hay que cazarlas al vuelo y, además, no era en tu Facultad, lo que hacía doblemente atractivo el asunto.

No seas cínica, por favor.

No lo estoy siendo, créeme. No hubiera ido a tu Facultad por razones obvias, no me gusta amargarme la vida, y entonces tampoco me gustaba; la idea de cruzarnos cada dos por tres después de la historia en la que me metiste cuando te pedí que me echaras esa mano... Mira: no. En esos casos hay que poner tierra por medio.

Te estás poniendo desagradable, y no lo digo en broma.

Pues ya está, no hablemos más de ello, no te creas que tengo el menor interés. Termino de contarte. Todo esto venía por mi marido, cuando estábamos en el piso con las oposiciones. Él también abandonó las suyas en cuanto le llegó una oferta de trabajo en un bufete de abogados y economistas de empresa. De hecho, allí sigue trabajando. No es el jefe, no pertenece al *staff* directivo, pero es lo que se llama un hombre de confianza. Tardó más que yo en dejar la preparación de las oposiciones. Las oposiciones son terribles, te lo digo yo. Ya sé que lo sabes bien, pero no es lo mismo. No es lo mismo opositar en la enseñanza que ir a Registros, por ejemplo, no te digo ya a abogado del Estado o a Notarías. Empiezas tirando hacia arriba y, cuando vas viendo lo que es aquello, miras hacia abajo y empiezas a pensar que quizá ser secretario de Ayuntamiento tampoco es mal plan, o funcionario público, o de Aduanas, en fin. Me alegré de que le ofrecieran una oportunidad en la empresa privada, la aceptó con muy buen sentido y ahí nos separamos. Sí. Nos separamos de piso y de vida. ¿Hace raro, no? La cosa era que si él entraba en un trabajo estable y yo en uno medio insolvente, el piso compartido de estudiantes ya no tenía sentido, la vida cambiaba, las actitudes también. Lo sustituí por una compañera y se fue. No es que dejáramos de vernos, es que rompíamos algo que nuestras respectivas actividades convertían en ficticio. Si decidíamos seguir, era como pareja en la que cada uno allegaba sus recursos y no la paga de casa; y si no, teníamos una vida demasiado íntima como para parecer que éramos libres. No sé a él, pero a mí la idea de ganar una pizca de dinero con mi esfuerzo me devolvía la sensación de libertad, la necesitaba, ¿comprendes? Y el caso es que no dejamos de vernos y que me daba mucha firmeza, me producía bienestar no romper con él; pero en ese momento, cada uno en su casa y con sus medios, parecía volver la relación a una normalidad que debería haber sido la suya desde el principio. De manera que pensamos que, si decidíamos juntarnos, nos juntábamos y en paz, y si no pues seguíamos saliendo sin más, cada uno con su vida y sus apetencias, juntos, pero no pegados el uno al otro ¿comprendes?

Entender, sí; comprender, menos.

Pues no sé qué más decirte si no lo comprendes.

Tampoco tiene mayor importancia. Lo extraño es que él aceptara esa situación. Por lo general, las relaciones tienden a definirse; otra cosa es que, si no somos capaces de percibir esa definición, las vayamos complicando hasta que se encenaguen y, ya metidos en el barro, ni sepamos movernos libremente ni sepamos librarnos de él; pero, por lo general, como te digo, las relaciones tienden a definirse. Esta que me cuentas, en cambio, parece cambiar de rumbo dejando de lado los sentimientos, atendiendo tan sólo a una situación económica que permite un mayor margen de libertad. ¿Quieres decir que, de haber tenido esa libertad desde el principio, no os hubierais juntado en aquel piso que manteníais gracias al dinero que os enviaban vuestros padres?

Sí, la verdad es que sí.

O sea, que os ibais a la cama por exclusión.

Yo prefiero decir que nos queríamos, pero sí.

¿Que os queríais? Déjame ver si lo entiendo. De no mediar una situación accidental no os hubieseis querido, pero como medió, os queríais. ¿Eso es lo que quieres decir?

Pues sí.

Vuelvo a lo de antes: entenderlo, lo entiendo, porque poseo un cerebro que me lo permite. Pero comprenderlo, no lo comprendo en modo alguno.

¿Eres feliz con él?

Sí, puedo decirte que sí. Soy feliz con él. Y con mis hijas.

Una familia feliz.

Sí.

La verdad es que nuestra correspondencia fue la que evitó que nos perdiéramos. Siempre pensé que me excluías en Madrid. De hecho, nos encontramos... después.

No me lo recuerdes.

Es verdad que me eludías. Tampoco hay tanta distancia física entre las dos universidades, pero nunca nos vimos; tuvo que ser en aquel congreso, es increíble. Claro que, cuando el congreso, yo ya estaba en Canarias.

Ya eras catedrático. Por eso te preguntaba antes. Yo siempre creí que opositarías a la cátedra de Madrid y volverías.

Haz memoria. La cátedra salió a concurso más tarde, pero yo ya había perdido todo interés. En fin, lo que importa es que desde el congreso hasta hoy la nuestra ha sido una relación regular..., epistolar. La única relación tranquila que hemos tenido.

Y duradera.

Y duradera, cierto.

¿No me vas a contar por qué te quedaste en Canarias? ¿Tiene que ver con que te hayas venido a vivir aquí?

No. Eres tú la que ha venido a consultarme a mí, así que consúltame, pero no me interrogues.

El caso es que estás muy bien de cabeza, más joven de cabeza que de cuerpo. Tu manera de hablar y de pensar me recuerda al de siempre, como si no pasaran los años.

¿No se nota por carta? Lo de mi buena cabeza, quiero decir.

No. Es decir, sí, claro que sí, pero es distinto. Por carta uno medita más lo que dice, lo ordena, en fin, que tiene más defensas a la hora de organizar su pensamiento. Y aun así, por carta asoma más tu aire de profesor; muy cariñoso, muy amistoso, pero profesor. En cambio ahora, al tenerte delante, es curioso, casi pareces más un compañero que me lleva unos años que un profesor, eso es exactamente lo que quiero decir, sí, no es que no hayan pasado los años, es que los años nos han acercado.

Como si tú hubieras madurado y yo te hubiese esperado.

Ya. Qué amable eres. Madurez. ¿Cómo es que te has vuelto tan gentil? No, no; no creas que me molesto: yo soy una mujer madura y estoy encantada de serlo, no me quito un año. Cuarenta y tres. Pero antes hubieras dicho envejecer, no madurar. ¿Qué te ha cambiado aquí a ti? ¿La soledad? ¿El medio extraño? De todas maneras, es muy cierto eso de que la madurez acerca a la gente entre sí aunque haya diferencias de edad como la nuestra. Para mí seguirás siendo una persona que me iluminó especialmente, tanto que sigo viviendo en buena parte de lo que encontré con tu ayuda, pero ahora el trato –quiero decir: ahora que al fin nos volvemos a ver cara a cara, fuera cartas– es otro, no me lo esperaba así. Me alegro.

Supongo que en las cartas seguía siendo una especie de maestro.

Pues, mira, sí. Yo te escribía con esa confianza.

No me disgusta nada el papel de sabio, pero es verdad que ahora estás más cerca. La vida acerca.

Mira, está bien que seas sabio. Es cierto que ahora ya nos hablamos de otro modo, pero yo te agradecería que siguieras siendo sabio.

¿No comes?

¿Qué? Ah, no. No. Prefiero esperar. En cambio, veo que a ti te encantan.

Las almejas naturales, vivas, sólo se pueden comer junto al

mar, cada vez estoy más convencido de eso. ¿Sabes esas tonterías que solían decirse acerca de que Madrid es el puerto de mar más surtido de España? Eso es una afirmación de provincianos. Pero en el caso de las almejas no admite discusión. Es otra intensidad de sabor.

A mí, te confieso que me produce un poco de repugnancia comerlas vivas. ¡Eh, eh! No las retires, sigue comiendo. Me da cosa comerlas yo, no que las coman los demás. Sobre todo si pones esa cara de satisfacción cada vez que te tomas una. Una almeja, un trago de vino, ya veo que es como un ritual.

Es un ritual de felicidad.

Bueno, pues aquí está el bogavante; a ver qué te parece.

Ay, Dios mío, qué bicho.

Es prehistórico. Me alegro de que no hubiera langosta hoy. No cambiaba este hermosísimo bogavante hembra por nada.

¿Hembra?

Mira esas huevas. Es una pieza maestra. Y los corales. En fin, que lo disfrutemos con salud.

¿Qué has dicho? ¿Con salud? Yo muero si consigo comerla.

Vamos, no seas melindrosa. Esto es puro placer sin un átomo de grasa. Ataca.

¿Por dónde?

¿Tan importante es ese Armstrong?

Mucho. Es el número uno. No puedes imaginarte lo bueno que es. Y en lo personal es un tipo realmente extraordinario, muy agudo, tiene una enorme agudeza y una gran capacidad de ordenar lo que piensa; y con un gran sentido del humor.

No sé, nunca he confiado en esas pretendidas cumbres del saber. La gloria académica rara vez trae consigo verdadera sensibilidad y verdadera inteligencia.

La española no, pero la anglosajona es otra cosa.

Oh, basta, basta. El academicismo extranjero es tan obtuso como el español en términos generales porque ante todo es eso, academicismo; no hay nacionalismos diferenciadores en esto, es un problema de esclerosis múltiple, ja, ja. Dejemos ya, de una vez, de adorar todo lo que es extranjero mientras nos zaherimos y pedimos perdón humildemente por ser españoles.

Vamos, no seas absurdo, ¿quién dice eso?

Tú. Tú misma estás pecando de ello. Te pones de rodillas delante de una eminencia que te sorbe el seso y ya todo es morir por trabajar con él. ¿De qué estamos hablando?

Pero ¿de qué hablas tú?

Sencillamente, estoy harto de tanto papanatismo, de tanta adoración a todo lo que viene de fuera. Ése es un sarampión que se os debería haber pasado con la madurez, pero veo que no, que va a peor.

¿Os? ¿Quiénes son *os*? ¿A quiénes se nos debería haber pasado?

A todos, niña, a todos.

Oye, para el carro. Si yo tengo interés en trabajar con Armstrong es porque se trata del mayor especialista en la poesía del Romanticismo inglés. Digo que se trata del mayor especialista porque lo he leído, a él y a casi todos los que trabajan directa o indirectamente en esa especialidad, que es la mía. Y te digo también que estás disparando a ciegas porque tú no sabes un carajo de lo que estoy hablando y de quién estoy hablando. No entiendo a cuenta de qué viene esta salida de tono, pero me parece que deberías apuntar hacia otro lado y no hacia mí, ¿no te parece?

A ver quién se atreve a llevarte la contraria, ¿eh?

Mira, ni siquiera habías oído hablar de Armstrong hasta que yo lo he mencionado.

No. Claro que no. No necesito conocerlo, ni a él ni a nadie, para reconocer el papanatismo en cuanto lo veo.

¿Yo soy una papanatas? ¿Yo?

Pues ya no estoy tan seguro...

Pero ¿será posible tener que oír esto? Pero ¿no te das cuenta de que te has perdido en lo que estabas diciendo?

Me trae sin cuidado Armstrong. Me indigna el tono de adoración rendida con que hablas de él. Ése es el mal del papanatismo. Te auguro que con él no aprenderás nada que no sepas ya, pero pasarás un curso rindiéndole pleitesía hasta que se te caiga la venda de los ojos y comprendas que, si quieres llegar de verdad a lo mejor, tienes que leer a los santones, pero apartarte de ellos, porque sólo buscan el halago y la admiración. Eso es poder. Un maldito poder que envenena las almas; un veneno que, al menos a él, le otorga el triunfo, pero ¿y a vosotros?

¿Me quieres decir de una vez quiénes somos nosotros?

Todos vosotros.

¿Sabes lo que te digo?: anda y que te den por el culo.

¿A mí? Como quieras... ¡Eh! ¡Espera! Pero ¿qué demonios le ha pasado ahora? Espérame, mujer...

No tengo futuro, ésa es mi conclusión. La permanencia en la enseñanza, la conquista de una cátedra... no son más que eso, conquista y permanencia; y me parece tan estéril que me abruma. Siento como si estuviera caminando sobre mi propia tumba. No hay relevancia, ni emoción, ni deseo.

Ni madurez, quizá, querida mía.

Ni madurez, ciertamente. ¿Para qué la necesito? Imagino que la madurez se asienta en algo ¿no?, es necesario que exista un lugar donde ponerla; si no ¿para qué sirve? En cambio, la gente parece que tiene miedo a la inmadurez, quizá porque se tiene miedo a lo que es inestable, inconsistente... La inmadurez se considera un producto de la inseguridad. ¡Qué estupidez! Como si la inseguridad desapareciera con la madurez. En realidad yo creo que la madurez es una adormidera para la mayoría de los mortales, que no comprenden que la utilizan como moneda de cambio de sus concesiones. «Usted ha madurado, ya es responsable, ya tiene un lugar donde instalarse y cultivar su sapiencia». También la sapiencia de esperar la muerte debe de ser muy reconfortante, a juzgar por su prestigio, pero todos mienten, encubren que han cedido a una debilidad que les lleva a la tumba sin gloria ni alegría y que prefieren disimular ante los demás. Ese disimulo es lo que llaman madurez. Así se alimentan de su falta de fortaleza, de su falta de fe, convirtiéndola en un estado de complacencia semejante al de la corte del rey desnudo. Bien, pues algo dentro de mí me dice que no tengo por qué conformarme, que no debo conformarme, que la conformidad es un vicio aún más gris y rastrero que el de la pereza. Oh, Dios, cómo detesto la debilidad de carácter. Acepto otras muchas debilidades humanas, pero ésa la detesto con toda mi alma.

Bueno, voy a olvidarme de algunas afirmaciones más bien descabelladas que acabas de hacer, y que sabes muy bien que lo son, y decirte en cambio, permítemelo, que tu vindicación de la inmadurez tiene algo de romántica.

Pues es mi especialidad, ¿no? No creo que haya elegido la poesía romántica por casualidad. Aquella lectura de Keats ante el mar que te conté, ¿recuerdas?; también es una escena muy romántica. Vista de lejos. En origen, y en su momento, debió ser meramente emocional.

Mira, no voy a enfadarme de nuevo contigo, pero reconoce que no cejas. No te daré opción, no quiero que vuelvas a dejarme plantado como antes en uno de tus arrebatos de genio. Ahora bien: acepta que has venido aquí a probar tus intenciones contra mi opinión; por tanto, acepta las condiciones del encuentro por ásperas que puedan ser.

Las acepto y... ya veré si puedo mantenerlas. Te aprecio mucho, pero nos parecemos muy poco, así que tienen que saltar chispas de vez en cuando, qué remedio. Pero reconozco que he venido a hablar contigo porque estoy en un mar de dudas. Una cosa es tener una idea clara –no quiero conformarme, no quiero enterrar mi vida– y otra es saber aplicarla correctamente. Ahí es donde te necesito.

O crees que me necesitas. No te engañes en eso: puede que te sea más útil como pared de frontón que como consejero.

Lo de frontón me encanta. Imagínate: golpearte y conseguir lo que busco, qué liberación tan estupenda, ¿no?

Curioso sentido del humor, en verdad. ¿Qué ocultará?

Bueno, pues imagina –¿puedes imaginar, aunque sea nada, un ratito de nada?– que todo mi trabajo sobre Keats, que incluye la traducción de las odas, un trabajo, te informo, en el que he puesto tanta atención y tanta capacidad que me ha llevado a sospechar que significaba para mí mucho más de lo que era en términos de investigación, todo eso, digo, lo aprecia de veras el que yo considero la máxima autoridad en la materia; no porque sea una eminencia, o un divo, que me da igual, sino porque es quien tiene *mi* mayor estima. ¿Te imaginas lo que me importa que sea un santón? No es eso lo que me impresiona; no me impresiona su encumbramiento ni su poderoso santuario inglés. Al contrario, pienso en mí misma: mi estima me es devuelta, él me la devuelve, pero yo se la he otorgado antes. ¿Eso es papanatismo? No. Tú sabes bien que no. Recuerda que me enseñaste a enunciar y lo que te acabo de decir va al centro de la cuestión. Estoy hablando de mí, olvida a Armstrong en este momento. Pero Armstrong me ofrece una invitación por un año para trabajar con él en su santuario, una invitación que incluye, tácitamente, la prórroga de otro. ¿Qué te parece? ¿Debo renunciar? No me contestes, sigo enunciando el problema. Éste es el momento de saber si yo estaba trabajando en Keats para cumplir con mis prescripciones de profesora o si estaba esforzándome para alcanzar una cima; porque si es esto último yo me debería ir. Y ahí es donde, de verdad, en lo humano, empieza mi problema. Por eso no me interesa un pito tu opinión sobre Armstrong, sino sobre lo que tengo que hacer con mi vida, porque siento que me la estoy jugando.

Dos

¿Mi matrimonio? Bien, ya te lo he dicho. ¿Te interesa algo en especial?

Puede que tenga mucho que ver en tu decisión.

Yo diría al revés: que le puede afectar mucho.

Eso digo.

No. Tú dices que mi matrimonio puede afectar a la decisión y yo he dicho que es la decisión la que puede traer problemas a mi matrimonio. No es lo mismo. Parece un juego de palabras, pero no es lo mismo.

Cierto. No es lo mismo.

Eso pasa, en la vida siempre pasan esas cosas. Y pasó. Y aquí estamos.

Ah, vaya..., un problema.

¿Cómo dices?

Nada. Digo que un problema. ¿O no es eso?

¿Cómo? ¿No puedes preguntarlo con claridad? ¿Siempre te tienes que hacer el interesante?

Está bien, cuéntamelo.

No es que te hagas el interesante, es que no te rebajas a preguntar y entonces lo haces de manera que yo me sienta obligada a contártelo sin que tú me lo pidas. La verdad es que no me gusta esa actitud. Es pura soberbia, supongo, pero me pregunto por qué. ¿Qué necesidad tienes de actuar así? ¿Qué pasa? ¿Es que te parece una debilidad preguntar, un cotilleo humillante o algo así?

Me parece un acto de discreción, nada más; no te excites. Te lo voy a preguntar con toda claridad: ¿qué problema hubo?

Hubo..., no sé; me cuesta hablar de eso.

Lo dejamos.

No, no... No. Espera. Prefiero contártelo. Es que me trae malos recuerdos porque es mi experiencia más dolorosa con la muerte, ¿comprendes?

Sí.

Yo he tenido tres hijos en realidad, pero el primero no vive. Era un niño. Murió al mes de nacer. Supongo que no sabías nada.

No. Nada. No sabes cómo lo siento.

Pues así fue. Lo que ocurre es que todavía me duele. Ha sido ahora, cuando lo he mencionado. A veces lo recuerdo, claro, pero no me afecta tanto. La sensación de ir a contarlo de nuevo me ha dejado un poco revuelta. Lo lamento.

No tienes que contarme nada más, no es necesario. Olvídalo.

Sí, sí, es necesario. Déjame que te lo cuente, no importa que me vuelva a doler, porque es necesario. En fin, ya ves lo que son las heridas.

Las heridas cicatrizan, alguna vez.

Alguna vez, sí. Yo creía que lo estaban. Me descoloca mucho esta especie de daño, el recuerdo del daño, quiero decir. Tú piensas que no debo tenerlo muy asumido, ¿verdad?

¿Yo? No puedo saberlo. Ni siquiera sé qué es lo que sientes, sólo puedo imaginármelo.

Es verdad, perdona, no sé dónde tengo la cabeza.

Sobre los hombros. Bien. Parece normal.

Qué gracioso.

Esa cosa de la muerte, ¿verdad?, que lo borra todo. Si tú desapareces, el mundo seguirá siendo, para otros; pero ¿qué te importa que exista para otros? Ya sé, esto es vulgar, pero estremece, como el mismo hecho de pensar que te puedes morir. El mundo es lo que tú percibes, ¿no?, existe porque existes tú; y de repente ¡zas!: te acabas y se acaba el mundo. Cada vez que alguien se muere, se acaba el mundo. Al muerto le da igual, pero los demás somos capaces de concebir eso: que morirse es dejar de percibir. ¿Qué pasa cuando te das cuenta de que morirse es que todo siga vivo y tú desaparezcas como por un sumidero negro? Sólo cuando comprendes que te mueres así es cuando adviertes el horror de dejar de percibir el mundo. No sé por qué se piensa en eso, la verdad... ¿Para sufrir?, ¿para temer? Además, aunque seas una mierda, para ti eres todo lo que existe. Como se suele decir, en el cuarto de baño nadie se disgusta con su propia mierda. Al final te das cuenta de que en tu precario y querido cuarto de baño tienes miedo a morir porque estás vivo; solamente los vivos tienen miedo a la muerte, incluso sentada en el retrete y con las bragas en los tobillos. Qué estupidez, ¿no?

No es tan estúpido, aunque esa visión de la muerte me resulta muy existencialista. No casa bien contigo. Pero fue tu hijo el que murió, estabas hablando de él.

Sí. Pobrecito. Afortunadamente no tuvo la oportunidad de pensar en estas cosas. A mí, ahora, apenas me afecta la idea de desaparecer, pero antes sí. Ahora no tengo miedo. Tengo otra cosa, pero no miedo. Fue una experiencia atroz.

Y tú, ¿qué pensabas entonces?

Que se me había muerto algo. No hice disquisiciones filosóficas ni nada de eso. Pero se me había muerto algo y así quedó. Lo llevo dentro aunque no quiera, como un lastre.

Algo que has perdido.

No. Algo que tengo. Muerto. ¿Ves? Ésa es una situación rara. Llevo la muerte dentro desde entonces, un peso muerto, un pedazo de vida muerto, como un órgano muerto, inútil, seco, aquí dentro.

Ésa es una buena imagen, sí.

No. No es una imagen. Es real. Es así. Lo llevo dentro. No lo he perdido, no está en la memoria ni es una imagen... No lo entiendes. No. No puedes entenderlo, ya me doy cuenta. No tenía edad para morirse solo, por eso la llevo dentro, su muerte. No pienses en nada raro, en un recuerdo somático o algo parecido. Es tan cierto como que yo vivo.

Bueno, me parece que sé lo que quieres decir.

No. Claro que no. Pero te lo agradezco de todos modos. Hay cosas que son muy personales.

Nunca tendría que haberlo visto, al bebé. Si ahora me dijeran que acabo de parir y que el bebé no tiene, prácticamente, posibilidades de supervivencia, no querría verlo. Bah, es mentira. Sí querría verlo. No, tampoco. Es que no podría dejar de verlo. ¿Te das cuenta? Aunque sólo respirase unos segundos lo miraría, lo cogería, lo besaría. Aunque sólo fuera para desesperarme y llorar, lo abrazaría y lo besaría y lo tendría conmigo hasta que me lo arrebatasen. Aunque hubiera nacido muerto lo acunaría. Pobre bebé, estoy llorando como una estúpida.

Estás llorando por ti.

Sí, es verdad. Estoy llorando por mí. Él no puede llorar por su vida perdida, pero yo estoy llorando porque lo he perdido. Quizá sea ése el secreto, que los muertos no se lloran nunca a sí mismos sino que son los demás, los que miden su ausencia, quienes reciben el legado de esa muerte.

En realidad, son los que entienden el significado de esa muerte. Para el difunto, sea un bebé o sea un anciano, no hay significado en su propia muerte; para los demás, sí. La muerte, cuando llega, es siempre tal para los supervivientes, no para el que muere. En eso el mundo ha empeorado. Ahora ya no se llega con una moneda en la boca a la orilla donde Caronte aguarda, sino que la extinción se consuma en sí misma, sin gracia, sin atravesar el Aqueronte; y tampoco se toca en las puertas del cielo para identificarse ante san Pedro, no, la extinción es tan súbita como este método moderno de desaparecer que se llama incineración y que tanto éxito tiene por la menos noble de las razones: la comodidad de los deudos. Aunque quizá no haya que perder de vista el deseo de algunos de los propios difuntos de no abrumar aún más a esos deudos, una especie de gentileza post mórtem. Pero yo me estoy yendo por donde no es y tú sigues llorando, no tengo perdón.

Sí. Mira: ya no lloro.

Te estaba mirando y me daba cuenta de que llorabas muy despacio, como si las lágrimas vinieran de lejos y llegasen cansadas. Era un llanto muy intenso pero muy triste.

Eso es muy sentido, gracias. Bueno, ya pasó. Yo quería contarte otra cosa. No. Contarte esa relación con la muerte, pero no de esta manera. Pero todo tiene que ver porque quería decirte que con el bebé se murió algo de mí y eso lo llevo conmigo, no salió afuera, como el niño, no murió afuera sino dentro y no saldrá nunca, lo que murió es algo muerto y forma parte de mí; no duele ni molesta, pero está ahí, lo siento porque a veces aparece, lo mismo que cuando haces un movimiento brusco con una parte del cuerpo y se resiente de un dolor antiguo, de una herida olvidada, recuerdas el sitio donde fue y entonces piensas: curó, pero fue ahí. Algo parecido.

O no curó, pero no molesta.

Ya; no está siempre presente, pero está, eso es lo que quieres decir, ¿no?

Debe ser como la memoria. Tampoco duele a todas horas y, sin embargo, acude siempre que se la incita, tanto si la llamas voluntaria como involuntariamente.

Ah, no. La muerte del bebé no se asienta en la memoria ni como la memoria. ¿Ves como no lo entiendes? En fin, yo sólo quería decirte que entonces, cuando murió, cuando se me escapó de las manos sin tiempo para quererlo ni para protegerlo, se me fue el alma. Estuve sin alma varios días, es una experiencia increíble.

¿Varios días?

Varios..., cuatro, cinco, seis días quizá, pero no más. Si llega a durar más me hubiera muerto. No es posible vivir sin alma más de ese tiempo. De hecho, duré muchísimo, fue una experiencia sobrehumana.

Y ¿dónde estuviste en ese lapso de tiempo? ¿Entre el cielo y la tierra?

¿Como las hadas? No seas ridículo. Ya veo que tu incredulidad es absoluta. Bueno. Para qué voy a contarte estas cosas, entonces. ¿Te parezco una espiritista o una esotérica o algo así? Cuando el alma se va, el cuerpo se siente horrible. Posee todo por reflejo mientras el alma está ausente, por eso es horrible y te duele hasta la respiración. Mi alma se fue con el bebé, lo acompañó y volvió. Mientras tanto, el dolor, la sequedad y la vaciedad me acompañaron en un grado de soledad tan extrema como no puedes imaginar, como no hay en el mundo más. Cuando te abandona tu alma todos los deseos desaparecen; y la acción, la humedad, la fluidez, la luz... dejan de tener sentido. Todos los deseos menos uno: que el alma vuelva, que vuelva cuanto antes. Es una experiencia de la muerte.

Mira esta planta. ¿Qué es?

No tengo ni idea.

Paseas y no miras, siempre metido en tus pensamientos, ¿no?

Sí miro. Veo lo que veo y lo disfruto.

¿No te entra curiosidad por saber el nombre de una planta que ves todos los días?

Pues no sé si la veo todos los días. Supongo que la veo, en el conjunto. Vivo junto a la naturaleza y eso es una sensación global. ¿Qué tiene esta planta de particular?

Es muy bonita y muy sencilla, ¿no ves? Parece un arbusto salvaje muy animoso, con el frío que hace, y me gusta mucho ese verde alegre, pero tranquilo, de las hojas; y, mira, los nervios son grisáceos; y mira la flor: parece una prolongación de la rama, de las hojas y, de pronto, al final, es como si las hojas tendiesen a convertirse en racimos de flores colgantes que cogen una tonalidad amarillenta, flores verdiamarillas que son como hojas transformadas en flor. Parece un arbusto silvestre, pero es muy delicada, muy refinada, a la vez, esa relación de color entre la hoja y la flor.

Cielo santo, qué mirada. Tienes razón.

Venga, sigue andando, que esto no es lo tuyo.

Te prometo que me enteraré del nombre.

No lo creo. Y aunque lo preguntes, te olvidarás de él u olvidarás decírmelo.

Me gustaría tomar ese café, ¿te acuerdas?, que con tu espantada de antes nos hemos perdido.

Reconozco que me puse furiosa, pero tú... En fin, yo te recuerdo a ti que he venido a hablar contigo sobre esa oferta porque mi futuro depende de ella, así que no quiero que me salgas otra vez con exabruptos, ¿vale? Las regañinas se han acabado ya a estas alturas de la vida. Porque no estoy hablando sólo de si me animo o no me animo a hacer un cursillo en Inglaterra, sino también de uno o dos años lejos de los tuyos. O quién sabe si de empezar otra vida.

¿Otra vida? De verdad que eres fantasiosa.

Es que no te lo has tomado en serio, ése es el problema. No te has enterado aún de lo que quiero contarte. Tú te imaginas las cosas antes de escucharlas y sacas tus conclusiones. ¿Te das cuenta de que aún no me has preguntado qué es lo que me pasa? Oye, he venido desde Madrid, me he hecho más de cuatrocientos kilómetros en coche, a pasar el fin de semana, porque necesito un consejo, no, porque necesito ayuda para intentar ver con claridad algo que puede cambiar mi vida y tú sigues ahí esperando no sé qué, con la mayor indiferencia; apuesto que si me voy sin decirte nada te quedas tan ancho. Es lo mismo que con la planta: la ves todos los días y no sabes ni como se llama. Si sólo te fijas en ti mismo, ¿cómo piensas hacer nada por mí?

Entonces ¿para qué has venido a verme?

Porque te fijas cuando te apetece y ahora quiero que me escuches atentamente, que te fijes en mí y comprendas lo que quiero pedirte, que uses tu cabeza y tu experiencia para ayudarme a casar cosas que no casan, o al contrario, a descasarlas definitivamente. Necesito otra mirada sobre todo lo que tengo encima de la mesa. Nada más que eso. Ni siquiera un consejo. Sólo la mirada de otro. ¿Tan difícil es de entender?

Está claro.

Pues venga. Vamos a tomarnos nuestro café. ¿Es que no va a salir el sol? ¡Qué frío!

Por cierto, tú ¿qué tal llevas la viudedad?

A mí déjame tranquilo. Ahora se trata de saber qué es lo que, de verdad, te preocupa.

Es raro. Tengo y no tengo ganas de hablar. Es desde que he llegado. Venía con muchas ganas y ahora estoy dividida, pensando que sí y pensando que no.

Que sí o que no ¿qué?

Seguir contando o dejarlo.

Debo deducir que te he decepcionado.

Pues, mira, no es así exactamente. A lo peor es que no me has estimulado. También he pensado en Sara; por cierto: es tu experiencia de la muerte.

Yo sí que no quiero hablar de mí, de modo que apártalo de tu cabeza. Y de Sara tampoco. Además, lo de la muerte lo has sacado tú y me parece que tiene poco que ver con tu problema.

Asunto cerrado ¿eh?

¿Mi vida? Sí, asunto cerrado.

Bueno, de acuerdo. Esos asuntos no se cierran así, pero es cosa tuya.

Oye, deja de fastidiar, no te pongas femenina.

Vale, vale. No insisto y me tomo mi café.

Vamos a aprovechar la poca luz del día que nos queda.

¿Me dejas pagar a mí?

Ahora salimos del bar. Luego habrá ocasión de que me invites: aquí la oscuridad se nos viene encima enseguida y hay que apurar los bares si no quieres encerrarte en casa.

Como quieras.

... Y menos mal que la noche más larga quedó atrás. Aunque no lo parezca ya estamos camino de la luz; apenas se nota día a día, pero yo, como dispongo de tiempo, sigo esos cambios imperceptibles.

No te interesas por el nombre de una planta que ves a diario y, en cambio, percibes la luz que crece cada día.

Eso quiere decir que me interesa la luz. Bien. Recapitulemos: ¿vamos a seguir todo el tiempo así?

Yo también persigo la luz. En medio de la tormenta. Tú, en cambio, la esperas, quizá la acechas, pero tranquilamente; no tienes prisa, no estás acuciado. Dime si no hay diferencia. Ay, Fausto, eres un pensionista, un jubilado.

¿Quieres dejar de hablar de mí de una vez?

Dime: ¿qué haces en la vida, ahora? ¿Qué es para ti la vida?

Pero ¿qué es esto? ¿Un interrogatorio?

Sí, me apetece preguntarte a ti. Vamos. Contesta. ¿Qué es para ti la vida, ahora, qué es para ti?

¿Quieres que te cuente mi vida de jubilado?

No. Deja de escurrir el bulto. Te estoy preguntando a ti. ¿Qué es lo que pasa cuando uno se retira solo a un rincón del mundo? ¿Qué es lo que sientes? ¿Qué es lo que esperas? ¿Qué es lo que tienes por delante?

La gente...

No. Tú. La gente, no. Tú.

Yo no quiero contar para nada. Yo estoy fuera. Pienso. Paseo. Como. Leo.

No seas mísero. Te estoy preguntando cómo vives.

Serenamente.

¿Qué es eso de la serenidad? No me jodas. ¿Qué es la serenidad, en este mundo, para una persona a la que le funciona la cabeza?

¿No lo concibes? Ves pasar las cosas...

¿Para qué?

¿Cómo demonios para qué? Es la sabiduría. Es una especie de estado de perennidad en la tierra. ¿Te das cuenta de lo hermoso que es disponer de tiempo para saber?

¿Para saber qué?

Dios mío, estás odiosa.

Qué bien.

Leo. ¿Te parece? Estoy leyendo a Platón y el mundo se puede ir a tomar por el culo. Así que tengo una doble satisfacción: leo a Platón y el mundo se puede ir a tomar por el culo.

Si el mundo se puede ir a tomar por el culo no sé para qué te sirve Platón.

Me produce placer. A ti te lo produce la *Oda a una urna griega* ¿verdad? Te lo voy a recordar: Galicia. Frente al mar. Keats...

Qué tramposo eres. Keats me hizo pensar en el sentido del mundo.

¿Platón no?

No. Hablas de esa lectura como si fuera un estado de lasitud, como si te echaras una buena siesta.

De verdad, eres imposible. Eres imposible y demasiado joven todavía. La serenidad no te hace mella. Para ti, saber es precipitarse a saber. Escucha: el mundo lleva tanto tiempo existiendo que lo único que no tiene es prisa. Te preguntas para qué sirve todo. Yo te lo diré: nada sirve, todo es. Ahí está el quid de la cuestión. Este mundo atraviesa un período ciertamente utilitarista. Si no hay fines no hay vida, parece decirse. ¿Tu Keats te da sentido a la vida? ¡Bravo por ti! ¡Has hallado la utilidad de Keats! Pero cuando me contaste esa experiencia de lectura, me estabas hablando del placer en sí, no de la utilidad del placer.

Es verdad.

Pues bien, ésa es ahora mi vida, el placer desnudo, el placer más irresponsable.

Y no es la mía... No... Ya sé que no lo es. Me gustaría envidiar tu serenidad.

Está a tu disposición.

A lo mejor es eso lo que he venido buscando. No sé. No estoy muy en mis cabales... Está bien, no demos más vueltas. Tengo un grave problema: el problema es que irme a Inglaterra significa dejar a mi marido y a mis hijas aquí y no sé si tengo derecho a hacerlo. No sé si merece la pena.

Supongo que ese «dejar» es más que un acto o que una temporada por larga que sea. En ese caso tienes una duda poderosa que resolver.

No, no es una duda. Es una lucha horrible contra una convicción.

En fin, cuando le planteé a mi marido que tenía que irme a vivir a Inglaterra, me dijo que estaba dispuesto a pensarlo, aunque yo sabía que nunca abandonaría su trabajo y su vida actual. No niego que haya considerado la idea de cambiar de lugar y de vida, pero era una consideración que se agotaba en sí misma, como quien observa con curiosidad y admiración un objeto atractivo que se halla fuera de su alcance. Y a su modo tenía razón: ¿no suena disparatado sacar a las niñas del colegio, dejar tu trabajo e irte a un país extraño? Sin embargo, el disparate no es ése, porque hay mucha gente que se cambia de lugar periódicamente por razones de trabajo. En España no estamos muy acostumbrados aún, en eso es un país a la antigua: aquí más bien se trata de encontrar un puesto de trabajo en una localidad concreta y de echar raíces en ella. Los enseñantes sabemos algo más de traslados, pues recorres varias plazas antes de asentarte, pero, en fin, no es precisamente el modelo americano de movilidad laboral. Lo que suena a disparate, o, mejor dicho, a sinrazón, es que el traslado se haga por causa mía, por causa de mujer. La inversa es razonable: si el marido es trasladado por exigencia de su trabajo, o se traslada en busca de una oportunidad mejor, la familia lo sigue. Y si en esa familia trabaja la mujer, la mujer lo sigue y todos lo entienden; así es la vida, dicen sin el menor género de duda. Ella tratará de encontrar un trabajo nuevo, o un complemento, o se adaptará. No critico eso, claro está, por qué iba a hacerlo. El dilema, como te digo, es el contrario: si yo me voy, ¿acepta él dejar su trabajo y venir conmigo?

¿Acepta intentar buscar un trabajo en Inglaterra? Yo lo entiendo, insisto, él no habla inglés además. ¿Aceptará, suponiendo que yo ganara el dinero suficiente, buscar un complemento, un acomodo mientras dura mi estancia allí? Él pierde un trabajo que quizá no recupere. Es un trabajo de confianza, como te dije, de modo que puede decirse que su destino está unido a ese sólido despacho de abogados, tiene un puesto que parece creado para él desde que lo ocupó; tiene la vida resuelta, salvo imprevistos insalvables. Bueno: yo entiendo que no se quiera mover, porque arriesga demasiado. Pero al contrario, si tuviese que desplazarse él, yo me movería. Sería así, no te quepa duda. De hecho, estuvo a punto de suceder. A Marcos le hicieron una oferta muy tentadora, pero tenía que irse a Bilbao; y... bueno, hasta hice las gestiones para ver si me podía ir lo más cerca posible por medio de una comisión de servicio, ya sabes. Un lío, porque yo salía perdiendo y, en el mejor de los casos, me tendría que desplazar todas las semanas y agrupar las clases, eso con suerte, mejor no te lo cuento. Y al final se rajó.

¿Marcos?

Sí, se rajó. Supongo que hizo bien, o porque no era un buen cambio o porque le faltó carácter, ya no me acuerdo, así que fíjate lo que me importa ahora.

Eso se llama un embarque.

No. Eso forma parte de la vida. A él lo tentó porque era entrar en un negocio también como socio. Estaba muy animado, era un cambio importante, nos sentíamos contentos. Hicimos planes porque estábamos contentos, ¿sabes? Hasta que un día me dijo: «No me voy, lo siento». Yo lo entendí, lo conozco bien. Le dije: «Bueno, no pasa nada, vamos a arreglarlo». Él seguía: «No puedo. Lo siento». Yo sé cómo lo sentía. Y yo: «No importa». Él estaba como aturdido y angustiado, por las niñas, el futuro, la responsabilidad, la seguridad. Él insistía y lo que sí recuerdo muy bien es que su insistencia era cada vez más agobiante para mí. Me decía continuamente: «Lo siento. Yo tengo la culpa. Lo siento». Bueno, la verdad es que no sé por qué te cuento esto.

Yo sí.

Claro, cómo no. El caso es que me metió en un lío de espanto que tuve que arreglar yo sola; luego nos ha ido bien, ya te digo. Total, no creas que estoy vindicando derechos feministas, sólo me hago una pregunta: ¿acepto que ambos estamos en un plano de igualdad? La respuesta es sí. Yo, en eso, soy clara y, en general, hago lo posible por no engañarme. Bueno, pues lo que ocurre es que procuramos mantener un plano de igualdad, por muchas razones, incluida nuestra relación, que ya te he contado de dónde viene. Es una relación de iguales desde que compartimos aquel primer piso. Yo puedo decirle a Armstrong que no declino su oferta, pero que la dejo para mejor ocasión; más o menos, como hizo Marcos con su oferta. Muy bien: pero he vivido lo suficiente como para saber que eso equivale a decir no para siempre; porque nadie te espera. El tren sale a su hora y tú tienes que cogerlo, aunque sea corriendo detrás de él por el andén, o quedarte para siempre viendo pasar los trenes con expresión soñadora y volviendo luego a casa a meter la ropa en la lavadora; en mi caso no es la ropa, sino las clases en la Universidad, que puede quedar muy aparente; cuántas no cambiarían la colada por mi situación, la verdad es que es mi lavadora profesional, a todos los efectos. Y puedo decirle a Armstrong que sí y dejar aquí a mi marido y a las niñas, o dejar a mi marido y llevarme a las niñas, o quedarse una niña con cada uno, bueno, en fin, dejemos la casuística. En resumen: también he vivido lo suficiente como para saber que la separación puede acabar siendo definitiva, no me engaño; no es un oculto deseo, como te encantaría pensar, sino esa convicción que te da el trato con la vida. Y lo peor de todo es que no es como tomar una decisión activa –irse– o pasiva –quedarse–, sino que ambas son decisiones, tanto la una como la otra, igual de intensas y comprometidas, además de excluyentes. Haga lo que haga, habré elegido *contra* la otra, ¿te das cuenta? Lo que quiere decir que, si todo va mal, podré arrepentirme, pero lo que nunca podré encontrar, nunca jamás, es disculpa. Si todo sale bien, gran éxito; si sale mal, lo arrastraré sin excusa hasta donde me alcance.

Toda una vida.

Sí. Ríete, anda.

Es que has pintado una situación tan grave de una manera tan solemne que he sentido la necesidad de relajarla un poco.

Sí, solemne... Ya quisiera yo que fuera sólo solemne. Otro gallo me cantara.

Shhh. Mira allá al frente. El día se va, pero observa qué belleza extraordinaria la de ese sol que se esconde; dentro de un instante el color naranja se convertirá en un resplandor, el último; después llega un momento en el que la luz toma el color del desconcierto y tiñe el espacio; luego, como un coro de brujas, las sombras invadirán el aire y nos enviarán a casa. Es un momento mágico. Atiende.

Vamos a ver. ¿Qué es lo que buscas tú en la vida?

Si yo lo supiera.

Confío en que el vino te suelte la lengua. Esto de hablar de bar en bar, ora caminando, ora tomando un vino, es muy bueno para las confesiones, ya lo verás.

¿Confesión, padre? Ja, ja. No se me había ocurrido mirarlo así, pero está bien: la fría noche y los bares calentitos y llenos de humo y de ruido. ¿Qué busco en la vida? ¡Bueno! ¡Yo qué sé! ¿Te he advertido que el vino me adormece?

Lo que te pregunto es si sabes qué es lo que más te importa en esta vida.

¿En mi vida? Pues hay muchas cosas, no sé si podría decidirme por una. Yo creo que eso es parte del conflicto.

Te lo preguntaré de otra manera: ¿hay algo en común entre todas las cosas que te importan en esta vida?

¿Cómo algo en común?

No sé si te acuerdas, pero hace un rato me dijiste que tu problema no era hacer tu destino de una duda poderosa sino luchar contra una convicción... ¿Qué convicción?

Sí, eso fue lo que dije. Ahora no estoy muy segura de que tenga sentido... Oye, este sitio es un poco mareante, ¿no?

Nos vamos enseguida, pero antes escúchame. Dices que hay muchas cosas importantes para ti en la vida y lo comprendo. Nos suele ocurrir a todos los que no somos unidireccionales. Pero si pensamos sobre el *sentido* de nuestra vida, veremos que es algo que impregna todas las cosas que nos importan, luego hay algo que es esencial y que opera como eje de nuestra conducta, para bien o para mal, en sentido positivo o en sentido negativo. Eso esencial tuyo es lo que yo quisiera ver, porque ahí va a estar incrustada la razón que mueva tu decisión en este asunto que te traes entre manos. ¿Me explico? Y... perdona, no me interrumpas, sigo hablando yo... Y por eso te he preguntado cuál es la convicción por la que dices que luchas; o contra la que dices que luchas porque, bien pensado, pueden ser las dos posibilidades: o luchas por sacarla adelante o luchas por desembarazarte de su peso. Pero, en todo caso, recupero el argumento por el que me estaba moviendo: tiene toda la lógica pensar que tu convicción es, precisamente, el *sentido,* el *nexo de unión* de todas las cosas que te importan. Y si es así, de eso es de lo que estamos hablando, mejor dicho: de lo que quieres hablar, es el sustento, incluso, del hecho acuciante que motiva tu preocupación, que es la oferta de Armstrong y cómo te cambia la vida.

¡Uf! Me dejas muerta de talento. Espera a que me recupere un poco, a ver si consigo digerir tanta coherencia.

Bueno, pues, mientras tanto, yo voy a ir pagando la consumición y así te libro del sofoco ambiental que se vive en este local. Nos mudamos a un sitio más tranquilo, ¿te parece? Pero esto no es un juego. Ahora vamos a hablar en serio..., si quieres. Y, si no, vamos a seguir de juerga sin más. Lo bueno de este país es que cada español sueña con tener un bar para que los demás, que no se sabe muy bien de qué van a vivir ni de dónde van a sacar la pasta, vengan a beber. Así es como se mantiene la industria nacional por excelencia, que es la parranda.

Insisto: dijiste que estabas teniendo una lucha terrible contra una convicción. Lo dijiste tú, no yo.

Es una manera de hablar, tampoco está tan claro.

No es verdad. Se te escapó. Oye, no juegues conmigo. En cuanto hay que hablar de verdad, te has puesto a recular. Hasta ahora todo era gracioso, ingenioso, talentoso, en fin, ideal a más no poder.

Estás sacando de quicio el asunto. Mi problema es qué hago con mi familia.

De eso, nada. Eso es la apariencia. Vamos, un poco de coraje.

Ésa es la verdad. Eso es lo único que me ha movido el suelo. Yo me estoy tambaleando porque se mueve el suelo bajo mis pies.

Entonces sal corriendo, vamos, sal corriendo de donde estás y se acabó. ¿Te mueve Armstrong el piso? Pues es bien sencillo: dile que no y dejará de moverse.

¡No es eso!

Claro que no, por eso te digo que busques, vamos, ¿qué es lo que es? Vamos.

Joder, no me agobies, no saques las cosas de quicio.

Lo sabes, me estás engañando, lo sabes perfectamente.

Pero ¿de qué estás hablando? Anda, no seas pelmazo.

Estoy hablando de tu convicción. De esa convicción tan importante. Vamos. Busca un poco por ahí dentro. O, mejor dicho: busca un poco de valor para decirla, en voz alta...

¡Que no! ¡Déjame! ¡No tengo ganas de hablar ahora!

Vamos, no te eches atrás.

¡Qué tiene eso que ver!

Claro que tiene. Busca. Busca.

Olvídalo, ¿vale? Olvídalo y no me des más el coñazo.

No pienso olvidarlo. Busca.

Eso se le dice a los perros.

Los perros no hacen autocrítica. Busca.

Oye, mira, te lo digo por última vez: no me cabrees.

Vamos, busca. Busca, perrita preciosa, busca...

¡Me cago en tus muertos! La perra lo será tu puta madre, cabrón.

Y tú cobarde.

¡No es verdad!

Cobarde.

¡No es verdad!

Bueno, échate a llorar. Siempre es la misma historia, el recurso del llanto. ¿No quieres jugar fuerte? ¿No quieres medirte con quien sea? ¿No somos iguales? Pues venga, que se vea. No te escondas detrás de las lágrimas.

Mi única convicción, hijoputa, la que me está amargando la vida, es que quiero ser alguien. No quiero ser Dios, pero quiero ser alguien. Quiero saber que tengo un peso en el mundo. Un peso en el mundo. Puedes reírte todo lo que quieras, puede parecerte ridículo, pero tú no sabes lo que es tener que conquistar eso. Tú sí que eres un cobarde al hablarme así. Maldita sea la hora en que se me ocurrió la idea de venir a verte.

Muy bien, ya lo has soltado. Ahora, tranquilízate.

¡No me da la gana!

¿Aún sigues de morros? Muy bien, seguiremos esperando a que se te pase. La verdad es que tienes muy mal perder. No es de ahora, antes te ocurría lo mismo. Todo va bien si uno está en tu línea, en el camino que tú marcas. Pero luego, cuando el camino no va por donde tú quieres y se te advierte, te pones furiosa. Yo no tengo la culpa de que no quieras ver evidencias.

No tengo mal perder. Lo que pasa es que me jode que me obliguen a decir lo que no quiero.

Querías decirlo.

No. No quería. Si hubiera querido decirlo, lo hubiese dicho, pero yo no quería decirlo.

Bien, puede que me haya adelantado, ¿qué más da? Viniste a hablar de un problema que te preocupaba, estábamos dando vueltas alrededor de la apariencia del problema, no del meollo; entonces intento ir por él en directo, *lo que no es otra cosa que cumplir con tus deseos,* y acabo mereciendo tu ira.

El problema es mío y tengo derecho a plantearlo como me venga en gana. Como si no quiero decir nada y me voy. Es asunto mío.

Y mío. ¿O no me has implicado?

Yo no había tomado aún la decisión de implicarte.

Ya. Es decir, que viniste aquí a tantearme.

Pues sí, en efecto.

Pues no, querida, pero no vamos a discutir por eso. Así que te pido perdón, pero lo ocurrido es irreversible. Eso es lo único que ahora conviene tener en cuenta. Si te quieres marchar, adelante, yo ni te lo impido ni te voy a meter el dedo en la boca para que hables. Pero hay una cosa que debe quedar muy clara: eso que tú llamas tantear se ha terminado desde el momento mismo de tu confesión. Si no quieres ir al grano, y bien sabes que yo no soy un cotilla, nos olvidamos del asunto. Te quedas aquí a pasar el tiempo que quieras, pero del asunto de tu vida futura, ni media palabra.

Eso; encima, hazte el ofendido.

¡Pero qué dices de ofendido! Ni por asomo. Sólo quiero dejar las cosas claras, como te he dicho. Yo soy así: o acordamos las reglas o dejamos el juego. Jugar por jugar, por dejar pasar el tiempo..., eso es un asunto menor, no tiene gracia ninguna, no tiene aliciente. Lo que te quiero decir es que no me uses como confidente de conveniencia, es un papel pasivo que no me va. Y entiendo que si has venido a hablar conmigo es porque sabes que discutiré contigo, sin importarme que vayas a montar en cólera. Conmigo se habla para saber, no para esconder. ¿Estamos de acuerdo?

Lo que no te he dicho es que mi marido y yo no estábamos casados cuando murió el niño. Y lo peor es que nunca he conseguido librarme de la sensación de que la muerte del niño fue una especie de castigo. ¡Oh, no! ¡No te confundas! Nada que ver con la moral tradicional, es un poco más alambicado el asunto. En realidad, no esperábamos el hijo, fue un accidente, pero lo asumimos, los dos, muy bien y tal. Sin embargo, yo sé que, si lo hubiera querido tener, me habría casado antes; no por cumplir, claro, sino porque casarse es una decisión de estabilidad, una sensación de estabilidad, también. Un hijo necesita estabilidad y si no te la puedes ofrecer a ti misma, mal se la podrás ofrecer a él. Un hijo hay que tenerlo cuando estás dispuesta y la verdad es que, en mi caso, me tuve que subir a ese carro en marcha. A lo mejor por eso no nos casamos. No sé. No sé cómo decirte. A mí me gusta tomar decisiones, yo soy muy de decisiones y, cuando tomo una, la cumplo hasta el fin, pero si no..., entonces me siento un poco perdida y veo las cosas de otra manera. Así que hice, hicimos, algo así como... como esperar a ver qué pasaba. Queríamos que la propia llegada del niño nos convenciera de que buscar la estabilidad era, por fin, un asunto nuestro, una decisión nuestra. ¿Me explico?

Bueno, creo que sí. Quieres decir que la decisión de casarse, de estabilidad, como tú dices, la queríais fundar en una razón de peso y para ello necesitabais la presencia del niño.

No, no lo hubiéramos necesitado, ¿me entiendes? Pero, claro, en nuestra situación, sí, lo necesitábamos, exactamente, porque no era algo que hubiéramos decidido. La expectativa, aunque estuviésemos esperando, no fundaba nada, era algo sucedido al paso. En cambio, la presencia del niño sí que establecía algo; la presencia, como tú dices, era lo que iba a dar sentido a la decisión de casarse. De hecho, yo sentía al niño dentro de mí, no necesitaba esperar que naciera para que su presencia fuera más poderosa, pero para eso no necesitaba casarme, la sensación, vitalmente, me bastaba, yo lo deseaba ya desde que supe que venía. Ahora bien: en cuanto el niño viviera por sí mismo, fuera de mí, se convertía en una razón que tenía peso por sí misma, ¿te das cuenta? Nos obligaba a fundar la estabilidad con el suficiente peso como para equilibrar la balanza. No sé, no es fácil de entender. No es fácil de explicar, quiero decir; porque entender..., yo lo entiendo a la perfección.

En efecto, no es fácil. Pero sigue.

Pues no sé, que cuando se murió pensé que era una premonición, pensé que se había muerto porque no lo habíamos elegido ¿no?, y que tendríamos que haber optado por la estabilidad antes de concebirlo. A eso me refería cuando te decía que tendría que haberme casado y que tomaba la muerte como un castigo. Porque estas cosas no se pueden hacer por las buenas.

¿No estás exagerando?

Seguro. Seguro. Pero yo lo siento así y la sensación se quedó ahí dentro, aquí dentro, qué quieres.

Y entonces ¿os casasteis por fin?

Sí, fue una especie de reparación. Si venía un hijo, ahora ya sabíamos que queríamos tenerlo. Entonces había que preparar la estabilidad. Si luego no venía...

Así que os casasteis después. ¿Enseguida?

Casi. Sí.

Es curiosa, esa sensación de culpabilidad. En realidad, parece que lo que te reprochas es la imprevisión y, sin embargo, las posibilidades de que se produzca un embarazo en una mujer que mantiene relaciones sexuales habituales con otra persona, incluso aunque tenga cuidado, entran dentro de lo previsible. No es posible que ni se te pasara por la cabeza.

No. La verdad es que no. No se te pasa por la cabeza porque careces de intención por completo.

Ya, pero sin intención también es previsible.

No me entiendes. Quiero decir que estaba tan segura de que cuando tuviera un hijo sería por una decisión personal que no lo tuve en cuenta.

Es decir: como si la decisión fuera lo que fecunda el óvulo.

Pues sí. Suena brutal, pero, en cierto modo, sí. Lo que pasa es que no sucede como tú lo planteas: hay una relación entre cuerpo e intención que se te escapa y que, desde luego, no procede de ningún razonamiento sino de una especie de razón intuitiva.

Eso es un poco contradictorio.

Ya, pero es así, qué quieres que te diga.

Bien, aceptémoslo por el momento. Veamos: ese matrimonio, entonces, ¿podríamos llamarlo un matrimonio de conveniencia?

Qué tramposo eres. Ya has metido el dedo en esa herida antes, a ver qué supuraba ¿te acuerdas?; en tu casa, anoche, cuando te estuve contando mi vida.

Ya veo que sigues siendo muy rápida. En fin, quizá te lo esté preguntando porque la otra vez no me contestaste.

No sabía por qué querías saberlo.

Ahora sí lo sabes.

Sí, ahora sí.

¿Qué es lo que le pido a la vida? ¡Madre mía, qué pregunta! Le pido felicidad, por ejemplo. ¿Sabes lo que es eso? Yo no, desde luego, aunque te puedo decir que he sido feliz en muchos momentos. A lo mejor eso es lo que le pido: no la felicidad, sino muchos, muchísimos momentos felices, todos los que puedan caber en una vida.

¡Vaya una respuesta! ¿Qué puedo hacer yo con semejante respuesta?

Nada. Aguantarte. Oye, te invito a cenar, ¿qué te parece? Tengo hambre.

Muy bien. Pero deja que te diga una cosa: ¿quieres seguir hablando conmigo?

Claro.

Quiero decir, hablando en serio.

Claro. En serio. Anda, vamos a cenar.

Hablando en serio.

Que sí, no seas plomo, ya se me ha pasado el cabreo.

No. Yo quiero saber si se puede meter el dedo en la herida sin que me muerdas.

Ya me has amenazado antes con eso, ¿no? ¿Cómo voy a saber lo que haré si me haces daño? A lo mejor la próxima te saco los ojos. Yo qué sé. Yo te dejo preguntar: lo que quieras.

No fue un matrimonio de conveniencia sino un buen matrimonio, ésa es la verdad. Me gusta mi familia, me siento bien con ellos.

Eso no puede decirlo mucha gente.

Mucha más de la que tú crees, pero da igual. Después de la muerte del bebé todo estaba muy fácil para dejarlo si hubiera querido. Antes, quizá no; después, sí. No fue una decisión obligada sino todo lo contrario: extremadamente libre. Quizá por eso seamos una buena familia.

¿Más vino? Bien. Veamos: si eso es así, no acabo de ver que tu estancia en Inglaterra pueda afectar a tu familia. Son uno o dos años de ausencia, sí, pero no es una ausencia estricta; son previsibles muchos momentos de encuentro: vacaciones, sobre todo. No se trata de dos años cerrados y clausurados.

No, es verdad.

Entonces ¿qué te preocupa?

Me preocupa el tiempo, el paso del tiempo. Ahora tengo edad para decir que he visto el daño que el tiempo causa en la gente. El tiempo desgasta, quema, aparta. Con el paso del tiempo lo que conservas es poco en relación con lo mucho que has tenido, o que ha pasado por tus manos o por tu corazón. Eso me da miedo.

Es extraño. Tú, tan decidida, concibes un miedo más bien abstracto a una posibilidad que, según cuentas, no se insinúa por ningún lado. Tu matrimonio va bien, tu familia va bien... El miedo, querida, cuando aparece se fundamenta en algo, se apoya en algo; el miedo no surge de pronto, sin asideros; el miedo no es una entelequia.

¿A ti no te intranquilizaría dejar a tu gente en el lugar donde haces tu vida y escaparte un par de años?

Bien, quizá me resultara algo desasosegante, más que nada por romper con algo a lo que estoy muy habituado, algo que forma parte incluso de mis gestos y de mis manías; pero eso es como tener que romper una temporada con la comodidad. Uno está cómodo y le fastidia irse, le pone nervioso y de mal humor, si me apuras. Ahora bien: ¿miedo? Miedo, no; eso es otra cosa. Querida: si en este asunto tienes miedo es que temes perder algo.

Pues entonces no debo tener miedo; será, como tú dices, desasosiego, inquietud...

Incertidumbre...

Mira, sí, posiblemente es más justo llamarlo así. La verdad es que no arriesgo el amor de mi marido, ni el de mis hijas, claro, no hay que preocuparse por ese lado. Y también es verdad que puedo venir en vacaciones, aprovecharlas todas. Serán tres meses por año entre unas cosas y otras, calculo, no sé, no se me ha ocurrido informarme, pero lo haré. Contaba con ello. No, gracias, no quiero más vino. A lo mejor es que estoy envejeciendo y temo cosas que antes no temía.

¿Tú crees?

¿Por qué no? No me sobrevalores.

No te sobrevaloro. Sólo hago notar que estás dispuesta nada menos que a instalarte en un país ajeno y sin familia para tratar de mejorar una situación que ya tienes y que tus colegas deben de considerar envidiable. ¿Eso es envejecer?: yo me apunto.

Es verdad, tiene gracia. Tú estás aquí de retirada y yo hablando de pegar un salto. A lo mejor a ti te venía bien moverte un poco.

Yo he terminado ya con mi carrera y ahora me dedico a mí mismo: no se puede llegar más lejos.

¿Te das cuenta? Has cogido mi sillón favorito sin titubear. ¡Oh, no, no te muevas! Quédate en él, te lo has ganado. Eres una persona decidida. Así te ocurrirá con todo en la vida.

¿Te doy envidia?

Mucha. Yo, con tu ánimo, hubiera llegado mucho más lejos de lo que he llegado.

¿Más lejos? ¿Quieres decir más arriba? ¿Más al norte que aquí?

Mucho más. Por lo menos, a Inglaterra. Y quizá más arriba: a las islas Shetland. O aún más lejos: al país de los hiperbóreos.

No. A ése no puedes llegar.

Sí puedo llegar. Lo que no puedo es volver. Si hubiera llegado hasta allí, hoy no estaría hablando contigo. Pero me he quedado aquí. Un humilde pensador es el oráculo que la decidida princesa ha venido a consultar. Mi casa es el último puesto avanzado en el que se puede descansar antes de cruzar un mar incierto para pisar tierra desconocida. Pero imaginemos: ¿qué tal si fuera al revés, si mi puesto fuera realmente el último confín de la tierra, si fuera el castillo en espiral del que ya no se vuelve? A lo mejor éste es el fin de tu viaje y estás hablando conmigo a las puertas del castillo. En ese caso, querida mía, habrás de regresar a tu puesto de profesora titular y la vida cotidiana volverá a hacer presa en ti y serás feliz por el resto de tus días.

Qué ingenio más basto.

O no: serás catedrática; de eso estoy seguro. Tú siempre llegarás a tus límites.

¿Estás intentando ofenderme?

Estoy diciéndoos que permanezcáis a este lado del mar, noble princesa.

Qué horror, pareces un Merlín de provincias.

En tal caso, regresaré a mi figura más digna de profesor jubilado.

Lo que me recuerda que tú llegaste a ser catedrático, ya que te parece tan poca cosa.

También me parece adecuado para ti, del mismo modo que me parece adecuado que seas tan ambiciosa. Ser catedrático es lo más alto en la carrera. ¿Qué más quieres?

Dime una cosa: ¿qué más se te ocurre que puedo desear?

Yo sólo sé lo que más te conviene desear y te adelanto que lo conseguirás: una cátedra. Es más, estoy seguro de que ya estás trabajando para eso. Siempre has sido ambiciosa, muy ambiciosa. En cambio, tu interés por trabajar con Armstrong o como-se-llame se parece más bien a un capricho. Si te dejas llevar por esos prontos, puedes echarlo todo a rodar.

Ese capricho, como tú lo llamas, apuntalaría mi currículum, ¿no te parece?

Hum.

Me desilusionas.

Tu conoces la Universidad bien y sabes que eso de escaparte con una eminencia no se considerará más que un esnobismo o una provocación. La única carrera válida en la Universidad es la de funcionario de la enseñanza. ¿Desde cuándo los funcionarios piensan, toman decisiones o reciben formación externa? Es cien veces preferible arrimarse a un cátedro nacional que intentar aprender algo con una eminencia internacional. Si aprendes algo, si te abres camino hacia la sabiduría, te conviertes en un enemigo del sistema: ¿no te das cuenta?

Sí, claro que me doy cuenta.

Entonces ¿a qué has venido?

A escucharte.

Pues ya me has escuchado. No hablemos más de esto.

Sí, pero... A medida que hablabas me estaba dando cuenta de que lo que dices es cierto, la imagen que has utilizado, el castillo. Este lugar es para ti el castillo en espiral.

No, no es éste, pero está cerca de aquí, puedo enseñártelo. Está en un circo de montañas al que se accede por un desfiladero. En él hay una iglesia mozárabe de, al menos, mil años de antigüedad. Una vez levantaron el ara del altar y descubrieron que, del otro lado, aparecía una estela celta, un castillo en espiral. Así pues, debió ser un lugar de culto mucho más antiguo. Lo tomé como una señal y desde entonces siempre pensé en retirarme aquí, en esta zona, cuando creyera llegado el momento. Y el momento llegó.

Yo vengo a verte, hablamos a las puertas del castillo y me vuelvo. Así hasta que un día venga y ya no salgas a la puerta, porque te has ido adentro.

Así será... No está mal. No está nada mal esa visión. Me gusta.

Eso, en cambio, es coquetería.

A mi edad es un lujo.

¿Así que tú crees que debo quedarme?

Creo que tienes todas las bendiciones para quedarte y que no aprovecharlas sería una locura. Las cosas te han ido muy bien y aún dispones de tiempo para que te vayan mejor. ¿A qué tentar a la suerte?

¿No te excita?

¿A mí?

Quiero decir: ¿no te parece excitante?

No. Me parece una locura. La locura es excitante, es la excitación misma, pero ¿adónde conduce? A la pérdida de ti mismo con toda seguridad.

O al encuentro, al encuentro verdadero. ¿Qué sabemos de la locura?

¿Qué sabemos? Sabemos sus efectos entre nosotros, sabemos a qué clase de vida conduce, sabemos que aunque fuera la puerta del cielo, aquí, en la tierra, es el infierno.

¿Eso lo dices tú, que te has recluido?

Estoy recluido, sí. ¿Ves como eres rápida y astuta? Pero no estoy encerrado y no me han encerrado. La diferencia es decisiva, porque en mi caso yo poseo la llave de una situación que he elegido.

Pero no podrás volver.

Es que es eso lo que he elegido.

No puedo creer que, con esa cabeza, no intentases entrar en el templo a correazos si tuvieras la ocasión.

Es mi cabeza la que me dice que nunca habrá tal ocasión. Yo he elegido porque soy coherente; si no, lo que sería es un vencido.

Entonces tengo que llegar a la conclusión de que soy una ilusa.

Me temo que sí, que de eso no te has desprendido todavía.

¿Es que vas a seguir confundiéndome?

No hay claridad sin confusión. Pero no te empeñes en buscar la claridad. El poema de Keats es una patraña. Belleza y verdad son dos aspiraciones juveniles, de la edad de Keats. Y tú y yo ya hemos sobrepasado con creces esos buenos y tontos momentos de júbilo. Piensa en ti.

Lo que yo me pregunto es para qué quiero ser catedrática.

Pues es evidente que para llegar a lo que te has propuesto.

Sí, pero yo no me he propuesto ser catedrática.

¿Ah, no?

No. Todo esto han sido pasos que tienes que dar. Te metes en un camino, el de la enseñanza, y se supone que ya tienes que ir avanzando por él. Es como si viniera dado, ¿no? Entonces parece evidente que desde la modestia de un pe ene ene has de avanzar hasta la cátedra. No lo decides tú, lo decide, no sé cómo llamarlo, el curso de la existencia. ¿Sabes?, yo no tengo nada seguro que quiera ser catedrática, ni siquiera que haya querido ser catedrática, excepto cuando estaba en lo más bajo de la escala, quizá; lo veía como un camino lógico, o inevitable, pero no como una decisión personal, de ésas en las que echas el resto.

Nadie ve las cosas así.

Sí. Claro que hay gente que las ve así. ¿Tú has oído hablar de las vocaciones?

¿Sacerdotales?

Sí, también. Es un ejemplo perfecto de vocación. Bueno, déjate de tonterías. Un cura, uno que se dedique a la cura de almas, no uno que aspire a la curia, es decir, al poder, es alguien que dedica su vida a los demás y, por ese medio, a sí mismo. Te podría decir lo mismo de un médico, un médico que aspira a curar a los demás, o a investigar, no a forrarse con una clínica propia. O un maestro, aunque ésa sí que es una vida perra, un maestro que echa su vida en educar porque le importa educar. Ya sé, ya sé que la mayoría necesitan atención psiquiátrica alguna vez en su vida, no me lo cuentes. Pero sabes de qué estoy hablando. Yo no tengo vocación de catedrática, eso es lo que te quería decir. Y quizá por eso no lo sea nunca, porque me falta la ambición de serlo, la ambición de poder.

O sea que lo que tienes es ambición de sacrificio.

Dicho en el tono en que lo dices, no.

Vamos, por favor, ¿estás hablando de dedicarte a los demás? Pero ¿eso qué es? Ésas son ideas de catequesis, querida, no me fastidies.

No he dicho eso, no he dicho ni siquiera que me vaya a dedicar a los demás. Sólo he hablado de vocación, de un impulso único que es capaz de llevarte donde no te llevará ni la ambición de poder, un impulso tan poderoso como una tormenta y tan limpio como el aire que queda después de la tormenta. Eso es lo que yo siento.

Ah, ¿y para eso buscas a Armstrong?

¡Deja en paz a Armstrong! Me busco yo.

Adiós, ahora entramos en la trascendencia.

Espera, espera. ¿No me estabas apretando antes para que te dijese cuál era la convicción que yo tenía? Bueno, pues ésta es. ¿O preguntabas para hacerte el interesante? Tú querías una respuesta y ahora resulta que no te gusta. Pues eso es lo que me tira del cambio de vida, lo que me pone en el dilema de elegir entre mi familia y mi vocación. Por eso he venido a verte, porque necesito ayuda, no sarcasmos. Tú ya estás de vuelta de todo, ¿no? Muy bien, es tu elección; pero si no puedes ayudarme, al menos no te las des de sabio ni me hables con ese tonillo de superioridad. Para mí es un problema extremo y eso es lo único que debe importarte. Aunque desde tu punto de vista sea algo ya superado. ¿De qué me sirve a mí, o le sirve a nadie, que lo tengas superado?, ¿de qué te sirve a ti, incluso, si estás aquí abandonado del mundo? Mírame con compasión, si quieres, pero ayúdame. Y así, por lo menos, tendrá algún sentido para mí que tú ya estés fuera de las miserias de este mundo.

Muy bien, entonces dime cuál es tu vocación.

Ya te lo dije antes, cuando nos tiramos los trastos a la cabeza: yo quiero alcanzar lo mejor de mí misma.

Y eso, ¿en qué consiste?

Eso lo tendrás que responder tú, porque es una pregunta sustancial de la Ética, señor profesor.

Bueno, basta de duelos de ingenio. Sé muy bien lo que es una vocación. Es más, he creído en ella, pero ya no creo, supongo que lo has entendido. Las razones por las que no creo en ella no vienen a cuento ahora, porque estamos hablando de la tuya y yo no digo que no existan, existen y la prueba eres tú, lo que digo es que son un error, o mejor, un espejismo. Entonces, aparte de lo que yo crea o deje de creer, hablemos de ti. Tú quieres ser mejor. Lo quieres al extremo de jugarte cosas muy serias por el camino. La primera cuestión es: ¿está unido el ser mejor a tu aprendizaje en ese dichoso *college* donde está Armstrong?

Claro.

¿Por qué? Explícamelo.

Que te explique ¿qué?

Cómo encarna en esa aventura inglesa la idea de ser mejor. No lo veo. Por eso la llamo *aventura* inglesa; y ahora no hay sarcasmo.

Yo lo que quiero es ser la mejor en mi campo, alcanzar la excelencia máxima.

A eso se le llamaba antes «realizarse», concepto que ha hecho desgraciadas a infinidad de personas llenas de buenas intenciones para sí mismas y para el mundo. Aguarda: te estoy hablando claro y duro, así que no hay sarcasmos aunque lo parezca. Yo creo que es una digna ambición llegar lo más lejos posible y, por lo que veo, tú quieres llegar a ser, en el mejor sentido de la palabra, una autoridad en Romanticismo inglés. Es más: puede que pretendas serlo no aquí, en España, en los departamentos de Filología Inglesa de la Universidad española, sino en la propia cuna idiomática de tu especialidad: en Inglaterra. Me parece procedente. Pero eso, ¿es un deseo de ser mejor o una ambición, digamos, satánica?

Pues a lo mejor las dos cosas.

No. Perdóname si te contradigo pero, en tus términos, o es

una cosa o es la otra. No acepto que desprecies una cátedra en España y ambiciones triunfar en Inglaterra. Porque no es que la cátedra te parezca insuficiente, sino despreciable. En una escala de ambición, todo es ambición entre peldaño y peldaño. Ser mejor es otra cosa.

Pues no sé, yo lo que quiero es ser la mejor.

¿Ser *la* mejor o *ser* mejor?

No lo sé, ahora me estás confundiendo, no veo por dónde vas.

Pues éste es el momento de decidir si hablamos o no hablamos de Ética, querida, porque ser mejor era la aspiración de Agustín de Hipona, la que lo llevó a la claridad. Pero no olvides que no hay nada más oscuro que la claridad. Lee sus *Confesiones*. Él lo descubrió; así llegó a colmar su aspiración: hallar a Dios, sólo que no lo sabía.

Estoy hecha un lío, lo sé. Pero yo vuelvo a pensar en aquella lectura de Keats frente al mar. Allí no tenía ambición de ninguna clase, era todo placer; era un placer especial, vertiginoso, que me hizo darme cuenta de que ese poema no tenía fondo, que podría estar leyéndolo siempre de nuevo el resto de mi vida. Y que esa lectura liberaba lo mejor que tenía de mí y eso me llenaba.

Plenitud.

Plenitud, claro que sí. ¿Es mala, acaso?

Es... egocéntrica. Quiero decir que, si antes hablábamos de la vocación como algo que se vuelca a los demás, ahora hablas de la vocación como algo que te procura felicidad, pero que nace y muere en ti. Estás hablando de *ser* mejor única y exclusivamente para ti.

Ya. Pero ¿sabes una cosa?: que eso te trasciende. Que ser mejor, y es lo que estoy pensando, ser mejor es algo que no se queda dentro de ti sino que sale afuera.

¿Cómo? ¿Como un mensaje benéfico?

No. Es un movimiento generoso. Ser mejor emana generosidad y eso tiene vida fuera de ti. Eso es lo que quería decirte. De modo que no, no hay ninguna clase de ambición satánica en ello, como tú insinuabas antes. No quiero ser *la* mejor sino *ser* mejor: ahora estoy segura. Lo que pasa es que, para ser mejor, tienes que ir al máximo de tus posibilidades, de tu capacidad. Y mi pasión son los poetas románticos ingleses, qué quieres que te diga, así que es por ese camino por el que tendré que intentar encontrar mi estima. Ser mejor es más, es todo. No busco ser la más importante ni la más laureada, pero, si trabajo a fondo en lo que me gusta, puede que me ponga en el camino de gustarme a mí misma.

En todo caso, y a juzgar por la carrera que llevas, tienes grandes cualidades.

Ya. Pero ¿de qué me sirven si no las empleo bien?

Eso es lo que se preguntaba san Agustín.

¿Ah, sí? ¿Y que se contestó?

Se puso en manos de Dios.

Pues conmigo que no cuente.

Bueno, no me hagas caso, era una broma. Pero lo cierto es que se buscó a sí mismo, se encontró en la fe cristiana, se entregó a la causa y escribió un libro que sigue siendo modélico. En fin, dejemos eso. Tengo que entender, por lo que me dices, que te buscas a ti misma, pero aquí en la tierra, entre los románticos ingleses. Si lo que quieres es huir de la Universidad, de la burocracia y todo eso, yo te entiendo. Una temporada en otro lugar, un cambio de aires y de perspectiva puede ser muy útil, así que está bien, no veo conflicto. Lo único que queda por dilucidar es hasta qué punto afecta a tu relación familiar.

No. No. Creo que sigues sin entender. Si tuviera que cambiar de aires, pediría un sabático y me dedicaría a estudiar por mi cuenta, a viajar a diversas bibliotecas de importancia, a hacer relaciones públicas o a perderme en una isla del Caribe. No se trata de un cambio de aires, se trata de un paso irreversible. Es casi seguro que volveré a la Universidad, pero es muy probable que pasen tantos años como para que esa vuelta ya no tenga otro sentido, si sigue siendo posible, que hallar un lugar donde aparcar mi cuerpo y seguir ocupándome de lo que verdaderamente me interese y si entonces encuentro alumnos capaces, haré algo más que enseñarles: trabajaré con ellos; y, si no, me limitaré a cumplir dando las menos clases posibles a un grupo de alumnos a los que les importará un pepino la cultura inglesa y el mundo en general. Porque lo que verdaderamente tendrá sentido será lo que yo haya aportado al conocimiento del Romanticismo inglés, que es una manera de aportar algo al conocimiento del mundo. Así que no pretendo cambiar de aires, pretendo ser otra persona, una persona mejor que, por serlo, da fruto. Eso es lo que quiero.

Muy bien, ha sido una exposición impecable después de tanto titubeo. Retiro lo del cambio de aires. Me encojo avergonzado. Ya veo que estás dispuesta a partir. Y ahora, ¿qué puedo decirte yo? Ve y échate en los brazos de Armstrong. Por cierto: ¿te consta que el tal Armstrong está dispuesto a darte todo lo que esperas de él?

También espero algo de mí misma, te diré. Soy de una modestia satánica.

Oh, por supuesto, eso lo daba por supuesto. ¿Qué es lo que ha visto Armstrong en ti, ahora que hablamos de él?

Yo conocí a Armstrong en un foro internacional y después lo visité en su *college,* por una serie de orientaciones que necesitaba para un trabajo que estaba haciendo a título personal, es decir, nada que ver con los planes de la Facultad. Entonces estuve una semana allí y hablamos bastante y yo le conté que detrás de ese trabajo había en realidad un proyecto mucho más fuerte, mucho más importante que, por resumirte, es una relectura de los románticos en relación con el concepto de modernidad. En fin, no te lo cuento porque ni tengo ganas ni creo que sea el momento adecuado y, además, tampoco es una relectura. ¿Conoces unos versos de Yeats que encabezan el libro de Abrams sobre teoría romántica y tradición crítica? Espera que me acuerde: *that soul must become its own betrayer... its own... deliverer, the one activity: the mirror turns lamp.** El espejo se vuelve lámpara. Pues yo intento leer a los poetas románticos ingleses bajo una luz que emana de la incertidumbre, de la inseguridad, que son tan características de la modernidad, ¿no?

Sí, ciertamente. Y Armstrong se quedó turulato...

Mira que eres impertinente. Naturalmente que no se quedó turulato, pero me acabó diciendo que si quería trabajar en serio sobre todo eso, él podría buscar un modo de que me incorporase

* «El alma ha de ser su propio delator, su propio partero, la actividad única: el espejo se convierte en lámpara».

a su *college*. Y eso significa contar con todo lo que sabe y con todo lo que tiene, o sea: la oportunidad de instalarme en el cielo para hacer un trabajo sobre los ángeles.

Todo eso en una semana y dices que no lo deslumbraste. Bueno, pues digamos que lo sedujiste. O que te dejaste seducir con encanto irresistible.

Cree el ladrón que todos son de su condición.

Vamos, querida, no fastidies. ¿En una semana lo deslumbras?

¿En una semana? Te estoy hablando de hace dos años. Desde entonces he vuelto más de una vez por allí, incluso nos instalamos un verano, en vacaciones, en un *cottage* con bastante más encanto que esta mierda de casa que tienes. Por cierto, ¿te he dicho que tienes un gusto espantoso y que estás viejo y calvo?

¿Un brandy?

¿Qué es eso?

Pues lo que tú llamarías un coñac.

No te entiendo.

No hace falta. ¿Te apetece?

Prefiero un whisky, si no te importa.

El whisky que tengo es completamente vulgar y, en cambio, este brandy, que, por cierto, es manchego, es un reserva de cien años.

Yo también soy bastante vulgar para esto de la bebida, así que te acepto el whisky. ¿No será segoviano?

No, es bastante escocés.

Justo lo que necesitaba.

Dime una cosa: ¿de qué vives?

¿Y esa pregunta?

Pues una pregunta.

Es muy sencilla. Me interesa saber si te alcanza el dinero para vivir como te apetece o no.

¿No estarás tratando de zafarte de la conversación?

Para nada. Me lo he preguntado de pronto, al verte aquí, en esta casa, con tus cosas, no sé...

Quieres decir que mi modestia linda con la pobreza.

¿Modestia? Esta casa no está nada mal adornada, me parece a mí. ¿Era vuestra, no?

La compró Sara, sí. Yo solo no hubiera podido.

Pues es una buena casa y, aparte del desorden propio de tu sexo y de unas cuantas porquerías, no aparenta modestia ninguna. Más bien lo contrario.

Entonces ¿para qué me preguntas si me alcanza el dinero?

Ah, ¿te he preguntado yo eso?

Eso es lo que has querido decir, más o menos.

Pero ¿te das cuenta de lo suspicaz que eres? Esta pregunta se la hago a cualquier amigo y me contesta sin más. Es que eres de lo más retorcido.

Es posible que sea muy anticuado, pero yo nunca haría ese tipo de pregunta así, a bote pronto, a una persona.

A mí me has hecho preguntas peores, perdona; lo que pasa es que yo, para ti, sigo siendo tu alumna, no una amiga y, efectivamente, a un profesor no se le preguntan esas cosas.

Está bien, está bien, lo siento. Supongo que no puedo evitar este último tono antipático, no tengo costumbre, no sé cómo hacerlo sin violentarme, sin parecer falso. Tampoco voy a fingir, me costaría mucho, es algo que detesto. Además, tú ya me conoces, ¿cómo es que te sorprendes ahora?

Efectivamente, no sé cómo me sorprendo. Pero tampoco deja de ser molesto que te hablen en mal tono.

Bah, lo dejamos. Pondré el cariño por encima de la costumbre, a ver si me sale natural.

Como decía Charlie Brown: mil sarcasmos acuden a mi mente.

¡Alto ahí! Yo te dejo citar a Yeats, a Keats y a toda esa caterva de poetas ingleses, pero Charlie Brown es mío.

¿Es que vamos a empezar otra vez?

Oh, oh... Así que Armstrong quedó muy favorablemente impresionado con tu línea de investigación. Pues ya que volvemos a ello, te diré que sigue sin parecerme dramático el hecho de que decidas aceptar. Entiéndeme: digo dramático sin ninguna intención malévola. Sólo pienso en que esa separación no preludia una desgarradura en tu vida sino esa clase de dificultades que hay que arrostrar a veces, pero que acaban en un final feliz.

Sí, pero entonces, ¿por qué tengo miedo?

Todo riesgo produce miedo.

No es ese miedo. Tengo vértigo. He llegado a tener insomnio, a despertarme a menudo por la noche, a tener que irme a leer al salón. ¿Por qué? ¿Por qué me angustio?

No lo sé, no puedo saberlo. ¿Hay algo más?

Hay una decisión que me ataca como si me fuera la vida en ella y no lo entiendo. Es lógico que esté preocupada, porque no es fácil tomar la determinación, pero no es lógico que lo viva de esta manera, no tiene sentido.

Dime una cosa: ¿de verdad eres feliz con tu familia?

De verdad.

No temes perderla, por ejemplo.

No. Estarán ahí cuando yo vuelva; de eso no tengo la menor duda. Aparte de que estaré yendo y viniendo, claro.

Entonces será un caso de sensibilidad, de hiperexcitación. Créeme: no hay motivo para buscar más allá. Yo puedo decirte, desde mi experiencia de docente, que no debes esperar mucho de tu estancia en Inglaterra. Por otro lado, en vista de la preocupación que te causa, lo mejor es que vayas y veas qué pasa. Te tomas un sabático de un año, si es que puedes, y dejas que las cosas marchen por sus pasos.

Pero es que no es eso lo que... Da lo mismo. Llevamos todo el día hablando y yo creo que estamos agotados. A estas horas, de verdad, lo mejor es echarse a dormir. ¿Te das cuenta de que hemos estado hablando y andando todo el día?

No ha estado mal. Yo estoy en forma, de todos modos, si te interesa seguir.

Mira, creo que no. Creo que prefiero ver la televisión y relajarme. ¿Hay algo?

Supongo que habrá alguna película de explosiones y llamaradas. De un tiempo a esta parte ya sólo soporto los concursos, cuanto más estúpidos mejor.

No me digas. No puedo creerlo.

Sí, son muy interesantes. ¿Tú ves a la gente que aparece en ellos? No sólo a los concursantes, no, también al público. Es una gente a la que nunca conoceré; mi propio sentido del gusto, mis inclinaciones naturales, mis emociones..., todo, absolutamente todo, me aleja de ellos. Es una masa mayoritaria que pulula por este país, tiene hijos, veranea... ¡Yo qué sé! ¡Tienen aspiraciones! ¡Son humanos! Y son aterradores, sencillamente aterradores. Así que la única manera que tengo de conocerlos, de cerciorarme de que existen, es la televisión. Me permite acercarme a ellos sin tener que entrar en contacto con ellos, ¿comprendes? La televisión es un gran invento, querida. Imagínate: me libra de tratar a ese horror de gente y, al mismo tiempo, constato su existencia, no me son ajenos. Es curioso. Es decisivo.

Realmente eres un esnob.

Tú tampoco te mezclarías con ellos, querida mía.

Eso depende, hay gente interesante en todas partes.

Ta, ta, ta. Es curioso que tengas esas reacciones de progresista ilustrada. Tú estás metida en la Facultad y has visto la clase de ganado que llega a las aulas. Y es de lo más selecto, de los que han pasado la criba, así que no te quiero decir lo que debe ser el material de los institutos de bachillerato. Pues bien: proceden de sus casas, de sus padres, y sus padres son, mayoritariamente, público de concurso televisivo. No, querida, yo ya no trago. Estoy muy a gusto aquí, en mi casa, haciéndolos aparecer y desaparecer con mi mando a distancia.

Anda, venga, pon una película de llamaradas o de psicópata asesino, a ver si hay suerte y caigo rendida.

¿A mis pies?

Oye, ¿te las consigues arreglar con el dinero de la jubilación?

¿Ya estamos otra vez con lo mismo? Qué manía. Yo me arreglo. Sí. Más o menos.

Ya. No me refiero a si puedes comer y eso. Por ejemplo: tú eres bastante melómano, ¿no? ¿Puedes comprarte los discos que quieres? ¿O darte una vuelta por Madrid? ¿O escaparte a Londres un fin de semana?

No salgo casi. Es decir: no salgo. Pero no es una cuestión de dinero sino de pereza, creo yo. Estoy muy perezoso. Tengo miles de libros, cientos de discos. Ya no me dedico a buscar como antes, a husmear. Tengo mucho.

Oye, que no quiero meterme en cómo te organizas la vida ni nada por el estilo. Sólo te pregunto. La verdad es que no parece que te vaya mal. Me preocupo por ti.

Déjate de preocupaciones. Tengo dinero de aquí y de allá, un poco de aquí y otro poco de allá, lo justo para no desesperarme. Y puedo comprar discos, si es eso lo que te preocupa. Lo hago.

Libros, ropa, caprichos..., ¿todo a mano?

Todo a mano.

O sea, que me puedo ir a dormir tranquila.

Si depende de mi situación económica, puedes dormir a pierna suelta.

La verdad, mira que eres raro.

¿Y esto a qué viene?

Retirarte así, por las buenas, esconderte con una pensión que no deja de ser una pensión, aunque no te haga falta el dinero, que no sé por qué no te va a hacer falta, como al resto de los humanos. Todo eso. Podrías estar en Madrid, seguir vivo, ser emérito, publicar cosas. Ahora es el momento de disponer de tiempo. Y te quedas aquí con cuatro perras y dando la espalda al mundo. Bueno, con cuatro perras, no, por lo que cuentas. Además, Sara tenía dinero, ¿no? Esta casa la compró ella.

Perdona: ¿tanto te interesa mi situación económica?

No... No. Perdóname tú. Lamento haber sido tan grosera. Lo siento. Lo siento de verdad.

No tiene importancia.

Tres

Esta lluvia... es tan confortable.

Veremos lo que te parece dentro de un par de horas. Cuando me levanté ya estaba así el día. Tiene una pinta horrible.

Cuando el cielo se encapota es que va para largo.

Ayer niebla y hoy lluvia. ¿Por qué te gusta este lugar?

Por eso mismo. El sol es muy malo para un solitario. La gente se imagina que la soledad es ideal en lugares cálidos y se equivoca de medio a medio. La soledad en el Caribe, por ejemplo, debe ser espantosa. Cuando comprendí que me retiraba a la soledad, me dije: vámonos a un lugar bronco.

Hombre duro, espíritu austero.

Es mejor así. A la soledad no se le pueden hacer promesas paradisíacas. La soledad requiere abrigo, no desnudez; requiere frío, no sol.

¡Qué tontería! La calidez sí que es un abrigo para la soledad.

La calidez ambiental subraya la ausencia, querida, ya lo entenderás. De todos modos, ahora sólo pienso en desayunar y me estás distrayendo. ¿Has tomado ya algo?

Café, pero puedo acompañarte.

Muy bien. Después tengo algo que decirte.

Sí, la realidad no es otra cosa que lo que uno percibe como realidad. Fuera de eso, nada existe. Y dentro de ella, estamos a la deriva en un mar de incertidumbres, sabiendo que desde el nacimiento a la muerte ésa es, sin remedio, nuestra suerte, pues no hay modo de instalar nuestros actos en la totalidad de la vida y ser, por tanto, totalmente conscientes del sentido de los mismos. No hay referencias, nos movemos a ciegas. En ese estado, ¿cuál puede ser nuestra guía? Cualquier esperanza es tan vana como las ilusiones que fomentamos para soñar otra vida, aunque eso sólo nos sirva para durar, porque vivir es otra cosa. Entonces hay que decidir qué hacemos: o mantenemos esas ilusiones y convertimos nuestra vida en un desgaste paulatino que se dirige patéticamente hacia la consunción total, como una nave que vaga perdida por la inmensidad del cosmos, o fijamos una ruta de acuerdo con lo único que somos capaces de percibir y cuyo objetivo es solamente seguir vivos. ¿Hay alguna seguridad, solidez, firmeza, en esa decisión? Ninguna. Pero al menos sentiremos respeto hacia nosotros mismos por el tiempo que dure el viaje. Y, tal como están las cosas, es la mejor de las opciones posibles. Aspirar a más no se puede. Aunque, quién sabe, el azar es poderoso y caprichoso, es el verdadero señor de la vida y del universo. Como la vida, es indiferente hacia nosotros, pero nos deja existir precisamente por eso. Y, dado que estamos obligados a ello, lo mejor será que hagamos de la dignidad una forma de vida. Ésa será la única que, con toda propiedad, podamos considerar nuestra en esta inmensa ajenidad que es el espacio total de la existencia. Y cuando digo la palabra totalidad, sé que hablo de algo que no puedo ni abarcar ni, por lo tanto, definir. Pero, misteriosamente, es algo que sí puedo comprender. ¿O no? ¿O es otro engaño de la esperanza, esa rata que convive con nosotros y se reproduce prodigiosa e incesantemente sin que haya modo de exterminarla?

Ahora entiendo tu desdén por Keats. Toda esa manera de ver el mundo y la vida es lo contrario del espíritu de la *Oda a una urna griega*.

Si no recuerdo mal, creo que la actitud de Keats no estaba lejos de lo que te estoy diciendo. Esa belleza de la que él habla es impasible y son los humanos quienes pasan a su lado con sus dolores a cuestas. Esa urna eterna, aquel pájaro inmortal también, son la representación de la indiferencia.

No es correcta esa interpretación. En mi opinión, sucede al contrario: la urna, el ruiseñor... no emanan indiferencia ante la humanidad que pasa con su vida a cuestas junto a ellos: la virtud de los dos es ética, precisamente ética; los mortales se detienen a mirar y se detienen a escuchar; la urna y el ruiseñor proporcionan a los mortales que desfilan ante ellos un valor moral, una norma de belleza con que ayudarlos a enfrentarse al misterio que es el mundo para los humanos. La vida no deja de pasar, cambiante; la urna permanece y es contemplada generación tras generación. Déjame que te recuerde unos versos:

Bold lover, never, never canst thou kiss,
Though winning near the goal –yet, do not grieve;
She cannot fade, though thou hast not thy bliss,
Forever wilt thou love, and she be fair! *

ahí no hay indiferencia. Hay algo inalcanzable, sí, pero no hay indiferencia en ese trato entre la belleza y los mortales.

¿Tú crees? Bueno, puede que sea así; no soy un gran lector de poesía; en mi recuerdo permanece la idea de impasibilidad ante el

* «Audaz amante, nunca, nunca podrás besarla, / Aunque ya estás muy cerca. Pero no desesperes; / Nunca podrá alejarse, y aunque no seas dichoso, / Tú serás siempre amante, y ella siempre hermosa».

camino de vida y muerte de los hombres. Pero, desde luego, está claro que el poema vive íntegro en tu memoria.

Los mortales hablan con las figuras de esa urna; los mortales escuchan al ruiseñor. Tu visión es más descarnada, es de una indiferencia tal que los seres humanos casi se ven obligados a prescindir de la vida para vivir. Sin embargo, tengo la sensación de que estás fingiendo.

No he dicho que prescindan, he dicho que yerran cuando atribuyen a la vida lo que ellos y sólo ellos construyen como valores exigentes. Pero podría estar fingiendo, en efecto. ¿No te convencen mis pensamientos? Tanto da. La cuestión sigue siendo el apartamiento de la vida. Si la vida es como es, si transcurre con esa majestuosa indiferencia hacia nosotros, da lo mismo si estoy fingiendo o diciendo lo que verdaderamente pienso. Se trata de lucubraciones para pasar el tiempo que nos queda de vida. Es una ilusión que nos entretiene. Es más noble que andar obsesionado con el fútbol o con la miseria de la vida política o con el tumulto ensordecedor de la vida informática. Si presto atención, oigo por todas partes voces que se definen como verdaderas por el mero hecho de hablar, que se asientan exclusivamente en afirmaciones, que han desterrado de sí la duda, que confunden la libertad con el descaro y la independencia personal con la capacidad de denunciar frenéticamente a los demás; y, por todo ello, son voces que creen que el fin justifica los medios y el primero que pretenden justificar es su propia impunidad. Eso es lo que oigo si presto atención. También por eso estoy aquí retirado. Pero no me mires de ese modo. Recuerda la última frase de aquella novela que leías en tu juventud universitaria: «Pues bien, ya que no podemos cambiar el mundo, cambiemos al menos de conversación». Entonces te fascinaba, ¿recuerdas? ¡Tantas veces me la repetiste! ¿Es que ahora no aprecias su ironía, su agudeza, su impotente certidumbre? Podría estar fingiendo, sí, y tanto daría. Pero aún me queda un resto de indignación que no he conseguido eliminar. Gracias a él, te estoy hablando así y me intereso por tu problema, un problema que desdeñaría si estuviese fingiendo. Sin embargo, estoy intentando eliminar ese resto de indignación, así que aprovéchate; dentro de poco es posible que lo consiga: entonces te escucharé con la misma indiferencia con que la vida nos escucha reír o llorar.

¿A mí tambien, Fausto? ¿No va a haber una pizca de sentimiento en tu relación conmigo? No hablarías conmigo si no los tuvieras.

Ah, claro que los tengo. Otra vez más nuestra naturaleza se contradice. Hubo una vez un gracioso que definió al hombre como «el mono neurótico». Un gracioso y un ignorante, pues la definición es tan seductora como insostenible, en términos científicos. Pero, en cambio, hay algo tremendo en la imagen del hombre como animal que, de pronto, es capaz de contemplarse a sí mismo existiendo. Eso, naturalmente, no puede hacerlo un animal: poner esa distancia, esa perspectiva, desdoblarse para verse *siendo*. A partir de esa distancia empieza, como sabes, el único logro que de verdad nos separa de los animales: el lenguaje. Y, sin embargo, la violencia que el hombre ha de hacer sobre sí mismo para separarse de su animalidad es tan brutal, tan antinatural, es una tal negación de su estado, que yo creo que nunca nos hemos repuesto ni nos repondremos de ello. Eso es tremendo; es como tener que dejar de ser para seguir viviendo; porque, además, ya no se puede retroceder. A ese estado, el de la animalidad, somos irretornables. La evolución nos echó fuera de aquel estado para siempre jamás. Quizá está ahí el atavismo que funda la idea del paraíso perdido para todos los hombres, para todas las religiones. Y esa violencia que, desde entonces, el ser humano viene ejerciendo contra su naturaleza primigenia, nos ha convertido en estos despojos que, de afanarse en entender la realidad, han pasado a conformarse con vivir lo que les toca. Incluso la riqueza es un pobre afán desde este punto de vista, una conformidad más destinada a sacar provecho a cualquier precio, pero a falta de otra cosa mejor. Yo mismo buscaba algo mejor, un triunfo del alma, y mira dónde estoy y lo que te estoy diciendo. Volvamos, pues, ahora, a tu pregunta y te contesto: hablo contigo y los sentimientos están por medio, evidentemente. La indiferencia es, para mí, un modelo; no una necesidad, sino un modelo. Pero, aunque consiga instalarme en ella, siempre aparecerá alguien que logre hacerme claudicar. Yo sólo aspiro a claudicar de vez en cuando. ¿No te parece razonable?

Me parece horrible, sinceramente. No creo que puedas mantener eso que dices más que en el terreno de las ideas. Ni siquiera en el de los deseos, porque en el deseo hay emoción, pasión, que son elementos perturbadores. Todo suena muy bien, claro, pero no me creo una palabra. Me parece que lo que te está haciendo falta es una escapada. ¿Por qué no vienes a Madrid de vez en cuando?

¿Lo ves? Reduces todo lo que te he dicho a un simple problema doméstico. Me recuerdas a mi madre que, cada vez que no me encontraba bien, decía siempre lo mismo: «Hijo, tú lo que tienes es debilidad», y me inflaba a comer.

Y te sentías mejor, ¿no?

Supongo que sí, pero no es a eso a lo que iba. Para mi madre, Kant, Schopenhauer o Freud no existían. Los problemas no existían más que en su manifestación inmediata, somática. ¿Te duele la cabeza?: aspirina; ¿Te sientes hundido?: sopa de cebolla. Para ella todo se reducía a estar bien alimentado y tener salud. No es que hubiera otros asuntos que ella descuidara o a los que no diese importancia, no, es que todo era cuestión de lo mismo. El bocadillo de pan y chocolate como terapia universal. Si le dabas a la cabeza y te creabas problemas era, sencillamente, porque tenías el estómago vacío. Yo me pregunto: ¿tuvo alguna vez en su vida un instante de vacilación?

Sí. Seguro. Te costará imaginar cuántos.

¿Y qué hizo con ellos?

Pues tú lo sabes mejor que yo. Me ataca los nervios que te hagas el ingenuo y el condescendiente a la vez. ¿Vas a acabar con esta farsa o todavía queda?

Lo que te estoy diciendo no es más que lo que hay. Incluso aunque yo finja, no deja de ser cierto, de la misma manera que un desalmado puede tener razón en su opinión sobre un asunto determinado. El hecho de ser un desalmado no anula su capacidad de raciocinio. Olvidemos a mi madre que, por otra parte, no es nadie que me obsesione. Vuelvo a lo que te vengo diciendo: no te empeñes en solicitar de la vida lo que ésta no puede darte, es decir, valores. Los valores son producto de nuestra ilusión de vida, de nuestra ilusión de realidad, la vida no cuenta con ellos para nada y nada podemos exigirle a este respecto. Hablo de ti misma, hablo de tus preocupaciones. La vida es una corriente que te ignora, eres tú la que no debes ignorarla, aun sabiendo que no obtendrás de ella ni una mirada de desdén. Pero tienes razón, lo mejor será abandonar el mundo de las ideas y pasar a la acción. Has venido aquí para que te ayude a encuadrar un problema, ¿no es así? Entonces déjame que te cuente una historia.

¿Otro café?

Sí, gracias. En realidad es la historia de un amigo y te hago gracia del nombre porque no lo conoces. Es una historia poco convencional. Este amigo estaba casado con una mujer muy guapa y también muy tradicional, o al menos es lo que yo opino, lo que yo le comenté muchas veces, pero a él le gustaba ese modo de ser. Yo creo que, bien pensado, esa unión de conservadurismo y atractivo físico tenía para él un encanto especial, casi morboso.

También Sara era así, ¿no?

Ah, no, pero Sara tenía..., en fin, otra clase de cualidades.

¿Y ésta no?

¿Me quieres dejar contar a mí la historia?

Vale, vale. Ya me callo.

Bien. Estamos en que la pareja funcionaba muy bien, que no había problemas de importancia entre ellos. Nunca tuvieron hijos y yo nunca pregunté por qué, además de no ser el más indicado para hacerlo. El caso es que se entendían muy bien, iban juntos a todas partes y se respetaban mutuamente.

¿Quieres decir que no se ponían los cuernos?

Quiero decir que se respetaban. Esa cuestión, la del respeto, es algo de enorme importancia, en mi opinión. No se trata de fidelidad sino, en todo caso, de lealtad, pero tampoco se trata de eso, quiero decir, dentro de los lazos de sexualidad. Respeto significa que tu estima por la otra persona incluye en un todo el sexo, la dignidad personal y la práctica –y subrayo lo de práctica– de valores que lo son también para ti. Entonces es cuando respetas a la otra persona. Como habrás comprendido, no se trata de ese respeto que se tiene a una autoridad, sino que es un respeto entre iguales. Yo creo que sin él es difícil que pueda haber estabilidad en una pareja y que con él, por distintos que sean los caracteres, la habrá.

No sé si estoy totalmente de acuerdo con esta última conclusión; pero sigue, sigue, no te interrumpo.

Muchas gracias. Bien, pues se respetaban y, en términos generales, creo que siempre fue así. Sin embargo, hay en la vida de las personas pequeños momentos a los que, cuando acontecen, apenas se les da importancia, precisamente porque su aspecto es pequeño, y que poseen una capacidad de destrucción me atrevería a decir que cancerosa.

Mira tú. ¿Ves cómo enseguida empiezan a aparecer los agujeros? Eso es lo malo de las teorías convincentes.

Pero ¿cómo puedes opinar así si aún no sabes lo que te voy a contar?

Me callo, mil perdones, me callo.

Pues cállate. Limítate a callarte. Con eso me basta.

Ya.

Bien, reemprendamos la marcha. Te hablaba de los momentos pequeños. Esto sucedió una vez. Este amigo conoció a una mujer y se hicieron amantes...

¡Joder con los momentos pequeños!

Vamos a ver: contaré hasta veinte antes de subir a mi cuarto a esperar a que estés en condiciones de escucharme, querida mía, porque esto es el acabóse.

Que no, que es que cuentas las cosas de una manera..., pero te juro que te dejo terminar. Te lo juro por mi madre.

¿Y qué grado de afecto tenías con tu madre, si me permites la pregunta antes de seguir adelante?

La historia de este hombre tampoco es extraordinaria. Se trataba de una relación temporal, es decir, él sabía que sería temporal porque la relación con su propia mujer estaba bien anclada: una relación, aprovecho para precisarlo, que en ese momento no experimentaba desgaste, pero estaba en lo que podríamos llamar una meseta. A menudo, esa extensa superficie, alcanzada con esfuerzo, con esperanza y con abnegación, origina una sensación de estancamiento. El viajero se tiende sobre el fruto de su esfuerzo y pierde el ritmo, reduce el vigor y la energía que lo llevaron hasta allí. Los recuperará cuando necesite ponerse en marcha de nuevo, pero, entretanto, hay una cierta morosidad culpable en su dejadez que lo entretiene o, en fin, que no le exige. Y, dentro de esa meseta en la que ya empieza a dar vueltas sobre sí mismo, surge la nostalgia del impulso que lo llevó allí, pero, sobre todo, la sensación de que se halla estancado. Él no se ha formulado aún el deseo de moverse de allí y eso lo desasosiega. Entonces, la manera de calmar esos primeros indicios de exigencia es una aventura que se reduzca a los límites del lugar donde se halla empantanado. Él amaba a su mujer, pero no encontraba progreso alguno en ese amor sino cierta rutina, la rutina de la meseta, la rutina que proviene de que el recuerdo del esfuerzo por llegar a ella está ya lejano y el cuerpo ha olvidado. Él comprende que la aventura que inicia es un modo de sacudirse la inercia y eso lo descarga de toda culpabilidad. O no sé si de toda, pero de buena parte de ella. En fin, no es un hombre comido por los remordimientos cuando convive con ambas. Naturalmente, sin que la esposa sepa de la otra; la otra mujer, en cambio, sí sabe de la esposa y acepta las consecuencias que se puedan derivar de ello. Quizá porque es una mujer más joven, de otra generación, de otras costumbres en lo que se refiere al uso y disfrute de las libertades. ¿Me sigues?

Sin hacer una sola pregunta.

Muy bien. Las cosas siguen por sus pasos y un día, cuando mi amigo llega a casa, descubre que su mujer se encuentra en el hospital. Ha ingerido un frasco de somníferos y sólo un comentario hecho a una amiga hace que ésta ate cabos y llegue a tiempo de evitar un desenlace fatal. Mi amigo queda conmocionado, sobre todo porque no esperaba esta situación. Es cierto que él no le ha contado a su mujer la aventura que tenía con la otra, pero también está convencido de que la relación entre ambos es tan fuerte en todo caso que una decisión tan drástica y brutal como ésta le resulta por completo inesperada. Puede entender todo: reproches, discusión, amenazas incluso... todo excepto una vía de acción tan cortante y excluyente como el suicidio. No, sírvete tú. Bien, entonces comienza una situación nueva: él siente que algo se ha roto entre ellos. Esa ruptura tiene que ver con lo inesperado. Él pensaba que, sucediera lo que sucediera entre ambos, la relación sería siempre más fuerte que el conflicto. Eso no excluía problemas, pero sí excluía la ruptura porque, para que la ruptura se produzca, tiene que ser por una razón contundente, por ejemplo, el agotamiento de la relación, pero nunca podría deberse a un accidente, aunque fuera doloroso.

Sólo una pequeña aclaración: un accidente... tanto para uno como para el otro.

Ah, por supuesto.

Quiero decir, y luego me callo, que se acepta igualmente por parte de él la situación inversa, esto es, que el «accidente» lo tenga ella con otro hombre.

Querida, no pensé que necesitases esa aclaración, pero, puesto que la pides, te lo confirmo. Sí.

Sigue, sigue.

Sigo, pero ten paciencia y espera al final para juzgar. Bien: el caso es que se encuentra con que la respuesta de ella al «accidente» es total y absoluta; no se trata ya de que plantee la ruptura sino que decide irse, morir, desaparecer en el más completo sentido de la palabra, sin contar con él y sin mediar palabra. Naturalmente, esto rompe el acuerdo tácito de ambos; esto es: que por fuertes que sean los vientos que zarandeen la barca, no tomarán decisiones sino de común acuerdo. Ésa es la base de la relación. Ésa es la confianza que él ha pactado con ella. Pero habría que ser más precisos y decir: ésa es la confianza que él tiene en ella, puesto que ella, al actuar así, demuestra que no la tenía en él. En fin, ya comprendo que, desde el punto de vista feminista, esto es anatema, pero ya verás adónde quiero llegar. Estamos, pues, en que ella rompe unilateralmente el acuerdo tácito que los une. Entonces mi amigo, naturalmente, trata de entender cómo se ha llegado a esta situación y habla con ella. Lo primero que confirma es que, en efecto, ella ha intentado suicidarse porque se considera traicionada. Él trata de hacerla ver que no hay relación proporcional entre el hecho y el resultado; que responder a un adulterio con un suicidio es un disparate y, sobre todo, que es una negación frontal y brutal de algo que, aun en las peores circunstancias, debe ser esencial en el trato entre dos personas: el diálogo, la explicación, la exigencia incluso. Esencial, le dijo él, incluso para separarse. Y esa mujer le confiesa que no puede resistir verlo enamorado de otra. De nada vale que mi amigo proteste, diga que es sólo una aventura –y lo era, realmente– sin trascendencia, que la trascendencia está en la relación entre ellos dos y sólo en ella. Mi amigo descubre que todo eso es papel mojado, palabrería, ante el hecho consumado. Una vez que el adulterio se consuma, ella, en un ataque de desesperación, derriba todo lo que han construido juntos. En un ataque de desesperación que se parece sospechosamente a una rabieta. Y ahí comienzan los problemas de mi amigo: el suceso ha arrojado una nueva luz sobre la mujer y, como decía Jünger, *igual que la luz, tampoco la verdad cae siempre en el lugar agradable*. A partir de ahora, la convivencia, aunque él se haya deshecho de su amante, ya no respirará acompasadamente: dos personas comienzan a soportarse bajo el mismo techo. Él sabe que es el principio del fin, pero ¿y ella? Por mucho que vuelvan a su vida anterior, ella ha de saber que algo se ha modificado para siempre y que ahí hay una brecha que puede agrandarse. ¿Lo sabe? Mi opinión es que sí, pero que no quiere reconocérselo, pues en tal caso tendría que sacar conclusiones que no desea ni contemplar. Tú sabes cómo es la luz cuando cae implacablemente sobre un rostro: es tan difícil sostener ahí la belleza que el rostro se ve obligado a poner algo más en juego para no perder su atractivo: se ve obligado a poner su vida, a mostrarse. Y entonces, todo cuanto hasta ese momento haya tenido sentido obrará en su favor y cuanto haya sido vano lo traicionará. El rostro de su mujer se contrajo junto con su cuerpo al recibir la luz y ya no logró distenderse de nuevo. Lo que hasta entonces fue una relación ferviente se convirtió en una existencia quebradiza caminando sobre la expectativa de una caída en el infierno. La mezcla de belleza y tradición que hacían de ella una mujer dotada de una cierta fascinación morbosa se convirtió en poco tiempo en el gesto indeciso de una persona perdida. Y él comprendió que aquella mujer carecía de inteligencia.

Y entonces ¿qué pasó?

Uf. Eso es lo más difícil de contar. Ellos dos continuaron juntos. Ella, sospechando, tanto de tiempos anteriores como del presente en el que convivían. Él, comprendiendo que todo el campo del amor estaba muerto.

¿No tenían hijos?

No.

Eso podría haberlos ayudado.

¿En su convivencia? No sé. Él pensaba que era mejor así, un asunto entre dos sin salida alguna, sin daño fuera de ellos dos. O al menos así me lo dijo, pero creo que lo pensaba sinceramente. Lo que sucede es que el panorama de desolación sin límites, y sin posibilidad de retroceso alguno hacia la forma de felicidad que habían conocido, le secó el corazón.

¿Eso es todo?

No. Hay algo después que entenebrece aún más la situación.

La verdad es que entre tu historia y esta lluvia gris que no cesa vamos a acabar empapados de angustia.

Si hace falta, saldremos a pasear bajo la lluvia, tengo el material apropiado. Yo lo hago muchas veces.

De acuerdo. Me consolaré con un poco más de café. ¿Quieres tú?

Gracias. Te decía que había algo más. La relación, como ya habrás sospechado, se volvió árida. En un caso así, cabe esperar que al cabo del tiempo se produzca algún movimiento porque la aridez no procura sosiego. Él decidió encerrarse en su trabajo y, al menos por un tiempo, no reincidir en lo que había sido la causa de su desastre. Ella, por el contrario, intentó recomponer la relación. Esta disparidad de actitudes acabó produciéndole a él una cierta irritabilidad, que acentuaba su sequedad y su rechazo y contra esa sequedad y rechazo se estrellaba tercamente ella. Lo cual quiere decir que, sin buscarlo expresamente, estaban cebando la mecha de un nuevo conflicto. La terquedad de la mujer acabó por producirle irritación también a ella. No resulta difícil imaginar el ambiente cada vez más irrespirable que se espesaba alrededor de ambos. Entonces ella, un día, en un arrebato, comenzó la descarga de fusilería y cometió un error grave: lo amenazó con suicidarse de nuevo. Aparentemente, la amenaza tuvo efecto y él se volvió más prudente y menos distante, pero ella no pudo imaginar en ningún momento lo que sucedía en el interior de su marido. Él, a la instantánea claridad de un relámpago, vio lo que hasta entonces no había visto: que la amiga que le salvó la vida a su mujer había sido indirectamente alertada por ésta; que el suicidio no fue tal y no tuvo más riesgo que la posibilidad de que la amiga no interpretara correctamente el mensaje. Ahora no se encontraba ante un acto de desesperación ciega sino ante un chantaje emocional claro. La primera vez que usó de este medio hubo un conflicto moral en ella, además de un mayor o menor grado de emocionalidad, pero las siguientes podía usarlo sin detenerse a reflexionar; ya era un arma adquirida.

¿Estás seguro de eso?

Así fue como él me lo contó.

Ya, pero tú sólo conoces la opinión de él.

Bueno, también la conocía a ella bastante bien. No sólo eso: los conocía a los dos como matrimonio, estaba muy cerca de su vida. Lo que te quiero decir es que sé que es cierto, que la historia es así.

Pues no sé. Pero vale, sigue.

No merece la pena seguir si tú no me sigues.

No seas absurdo. Tú cuéntamelo y ya será lo que sea. Si sólo se pueden contar historias certificadas como ciertas, se acaban las historias.

Lo que quiero decir es que intento llegar a un punto que nos interesa, un punto ejemplar, por así decirlo, y para eso hace falta que la historia te convenza; si no, no puedo aplicar la ejemplaridad del caso.

Oye, por favor, deja de cogértela con papel de fumar, como decís vosotros. Cierta o no cierta, la historia contendrá los elementos ejemplares que tú dices, ¿no? Pues ya está; no le des más vueltas.

Muy bien, ya veremos qué ocurre al final. En fin, estábamos, si no me equivoco, en el asunto del chantaje. Mi amigo pensó, con buen juicio, que quien amenaza con suicidarse no suele suicidarse mucho, ja, ja. Y comprendió que, si no había visto antes la realidad de la situación, fue porque el primer falso suicidio no tuvo aviso previo y ahí residía su fuerza de convicción. La cuestión, ahora, era que la mala relación entre ambos podía dar un salto cualitativo. Una cosa es convivir sin afecto y otra muy distinta estar a expensas de agresiones repentinas; en este caso, no directas, quiero decir, de ataque físico o verbal, sino indirectas, como la simulación de un suicidio. Por mucho que domines la situación, por mucho que sepas que la amenaza es un chantaje, una serie de amenazas de suicidio o de suicidios abortados suponen un desgaste emocional y mental muy duro. Así que ahí tienes a este hombre ante un dilema que no le deseo a nadie. O se apartaba de ella con todas las consecuencias o se quedaba, también con todas las consecuencias.

¿Y qué decidió?

Pactar. Es lo más lógico. Una vez descubierto el chantaje y advertido que ha sido descubierto, lo lógico es buscar un pacto de no agresión. Ya no se trataba de seguir juntos sino de llegar a un acuerdo por el que vivir en la misma casa sin que ninguno forzase al otro a nada que no fuera la simple convivencia entre dos personas bien educadas. Cada uno puso sus condiciones y la principal de ella, casi la única, fue que ninguno de los dos mantuviera relaciones extraconyugales. Me dirás que qué clase de condición es ésa si el primer acuerdo entre ambos incluye tácitamente que no haya débito conyugal alguno sino simple convivencia, pero así fue. Eso te dará idea de cómo funcionaba la cabeza de ella. Mi amigo, en un rapto de debilidad consentida, aceptó. Supongo que la consideraba una condición incumplible, tampoco voy a compadecerme de él, pero pactó y eso suponía, al menos, que renunciaba a cualquier otra relación con una mujer. Un duro golpe. De entrada, imagino que quiso quitarse un problema de encima y debió de pensar, para animarse, que al fin y al cabo las aventuras son incontrolables; al menos podía pensar en aventuras. De todos modos, renunciar a otra relación es un precio demasiado alto y yo creo que no consideró el alcance que podría tener en el tiempo.

Cómo funcionaba la cabeza de ella... y cómo la de él.

¿Perdón?

No, que te has referido a ella como una desquiciada, pero creo que el trato que él acepta tampoco es muy digno de admiración. Él es débil, evidentemente, y se acobarda.

¿Tú crees?

Pues yo creo que sí.

Lo que yo me temo es que si no consigues entender la posición del otro, haciendo abstracción de la parte que le corresponda en el desastre, no vas a venir a la posición desde la que te lo estoy contando.

Vamos a ver: tú lo que quieres es que me fije en el drama de él y prescinda del drama de ella, ¿no?

No, no, de ningún modo. Quiero que consideres la evolución del caso centrada en el marido. Digamos que, para lo que quiero contarte, el interesante es el marido y la mujer actúa sólo como catalizador, ¿me explico? No digo que ella no viva un drama, claro que lo vive, igual que él. Pero a lo que voy es a lo que nos va a enseñar la situación en la que él se está internando solo.

Vale, lo acepto de momento. No entiendo muy bien esa manera de compartimentar las cosas, pero lo acepto. A ver adónde llegamos.

Muy bien.

No dirás que no coopero.

Bueno. Antes has dicho que él se acobarda. Yo... prefiero que intentes aceptar que, más bien, se equivoca. Lleno de tan buenas intenciones que quizá puedan confundirse con debilidad, pero se equivoca. No es cobarde, a juzgar por cómo ha ido llevando todo, y ya te digo que tampoco es débil. Cuando descubra su equivocación, actuará: eso no es propio de débiles o cobardes. Pero ¿ves?, me obligas a adelantar acontecimientos.

Sigo callada.

La vida continuó para los dos en los términos de su pacto. Él se dedicaba a su trabajo y ella a sus labores. Pasa el tiempo y no sucede nada especial. Eso no parece importarle a ella, pero a él lo está corroyendo. Yo creo que se necesita un temple muy especial para soportar una situación así. O que no se necesita temple alguno, sino una especie de inercia semejante a la existencia en el vacío cósmico, en el que uno flota de aquí para allá sin otro objetivo que flotar. Ella estaba en esta posición y él en la primera y, naturalmente, las marcas de la corrosión se hicieron visibles poco a poco. Y, aunque lo habían excluido de su convivencia, los intentos de cumplir con el débito conyugal volvieron a producirse, como es natural, y fueron más incómodos para él que para ella, no porque él tuviera que esforzarse en el deseo, sino porque al aplicar su deseo a la mujer sentía una irreprimible repugnancia de orden personal que a duras penas lograba separar del orden físico. En esos momentos, como si ella lo advirtiese, me dijo él, abandonaba una cierta ajenidad que mantenía como tono general de comportamiento cotidiano y respondía a sus discretos estímulos, a los del hombre, se entiende, a pesar del acuerdo tácito que mantenían, con una excitación que terminaba por atraparlo a él. Y lo atrapaba de verdad, furiosamente, aunque después un poso frío estancase el deseo.

Otra vez el morbo.

Exacto.

Pero, si no te molesta, te diré que es un morbo muy, ¿cómo te diría?, muy masculino. Muy concebido desde el punto de vista masculino.

Puede ser. Yo sólo te cuento lo que pasaba.

No te estarás excitando...

Lo encuentro tan ingenioso, ese comentario...

Eh, oye, déjame hacer una gracia, déjame airear un poco esta atmósfera tan sofocante que estás consiguiendo con tu relato. Entre el día plomizo, la lluvia ventosa y esta historia demoledora yo necesito abrir la ventana y respirar un poco.

Pues abrimos la ventana. E incluso nos hacemos un zumo de naranja lleno de salud y vigor.

En fin, la relación empezó a ser para él un verdadero tormento. Sentía que podía convertirse en algo perverso y volvieron las aventuras, simples aventuras, como un modo de airear una atmósfera muy cargada y muy cerrada. Supongo que no podía ser de otro modo. Lo que a él lo agobiaba más era la posibilidad, nada ficticia, de acabar sometido a la presión de sus propias contradicciones. Pero continuaba la relación sexual con ella, con su mujer. Detestar y desear a una misma persona es un esfuerzo en el que el deseo se convierte en esclavitud porque se ve obligado a someterse a alguien a quien detesta. Una parte de sí mismo lucha contra la otra. Nadie resiste esa situación sin perjudicarse gravemente. Es una extraña mezcla de culpa, desdén y necesidad y ¿quién es capaz de poner cada uno de estos términos en su sitio? Pedir serenidad, o paz, o simple estabilidad emocional en tales circunstancias no es sólo una causa perdida sino algo peor: acaba siendo una penitencia que se inflige uno a sí mismo. Empezó a tener miedo de que aquello lo dominase y, entonces, se convirtiera en una trampa de la que no pudiera escapar. Por eso las aventuras se multiplicaron. Las aventuras lo sacaban de la atmósfera cargada en la que le encerraba su relación con su mujer. Y, claro está, ocurrió lo que tenía que ocurrir. Entre las varias que hubo, él volvió a tener una aventura con aquella antigua amante que motivó el intento de suicidio. Pudo ser ésa u otra cualquiera, pero el destino estaba marcado y tuvo que ser, precisamente, ésa la que cayera en conocimiento de la esposa. No sé cómo, no me preguntes, porque no tengo la menor idea; sólo sé que la mala suerte se instaló en los acontecimientos como una bala en el cargador de un revólver y, naturalmente, el gatillo resbaló. Él no supo que ella lo sabía todo hasta que se la encontró muerta en su propia casa. Para adornar la escena te diré que él volvía de despedir a su compañera de aventura para siempre, consciente de que era justo la única mujer con la que no debería correr el albur de que su esposa lo descubriera, porque comprendió de pronto que esa especie de reencuentro, por discreto o intrascendente que fuera, era justo el único capaz de desatar todos los demonios. Es extraño el poder profético de las intuiciones cuando lo que éstas anuncian es destrucción. Yo he acabado por creer que sólo se intuye lo que ya se sabe, pero que uno no es capaz de formular. Él temía que, si descubría su mujer este reencuentro con la antigua amante, la convivencia se volvería contra él de manera abrasadora; lo que no intuyó es que ella se mataría, esta vez sin avisar a nadie. ¿Habría pensado en la mejor forma de hacer daño o, simplemente, sólo quiso quitarse de en medio? Esa pregunta se la hizo y me la hizo muchas veces, porque de la respuesta dependía el modo de afrontar, en lo personal, las consecuencias del suceso. Uno necesita tener encajada su historia, aunque el cuadro no sea favorable. Cuando se tiene desencajada, o fragmentada, el desconcierto aguza mucho más el dolor. Al fin y al cabo, a eso nos dedicamos toda nuestra vida, a procurar que las cosas encajen y, luego, ya veremos si además hacemos bueno, o lo mejor posible, todo eso. No comprendía que así, de pronto, su mujer se hubiera quitado de en medio después de mantener esa convivencia casi perversa que te contaba antes; eso era como aceptar que se había cansado, pero los síntomas de cansancio no aparecían por ninguna parte y, en todo caso, ése era el momento de negociar una separación. En cuanto a la idea de hacer daño, sonaba mejor, pero implicaba una rendición sin fisuras, un acto desesperado y total al mismo tiempo. Ésa es la forma de hacer daño de alguien tan lúcido como para, habiendo aceptado con frialdad que se encuentra ya en un camino sin retorno por el que sólo se pisa daño, aceptar que se negaba a sí misma ese dolor y cargar todo lo habido y por haber en la conciencia y en la historia del otro con su suicidio. Sin embargo, el pequeño problema es que ella no era una persona inteligente, ese descubrimiento que él hizo tiempo atrás y sobre el que empezó a modificarse toda su relación. Ella se limitaba a estar, a acompañar; lo que parecía un estilo elegante, comprensivo y consciente no era más que una manera de ser aprendida, que no dejaba el menor resquicio a la duda y, por tanto, a la creación de una personalidad. Ella, por seguir con tu lema favorito, había escondido bajo la belleza su verdad: su insustancialidad. El resultado es que ni por insustancial ni por inteligente tenía sentido su decisión de darse muerte. ¿Qué fue, entonces? ¿Un arrebato, un rapto de furia? ¿Una susceptibilidad tan acentuada que le hiciera vivir la aventura de su marido como una humillación insoportable? Mi amigo se sintió libre, pero solo y obsesionado por su muerte. Además, de la mano de esa obsesión volvían por los caminos de la memoria recuerdos de felicidad y ternura de los mejores tiempos, como si se tratase de una venganza medida, pero también de un mensaje amoroso. En fin, durante un tiempo trató de organizar una explicación que le permitiera construir su propia historia personal, sentirse entero. Creo que no lo consiguió. Y te digo esto porque yo he dejado de verlo, claro, aquí aislado como estoy es difícil que la gente venga a verte si no es de paso y, además, te confieso que estaba cansado de él, tan cansado como un perro de un hueso mil veces roído.

Vaya imagen. Vaya manera de acabar de contar una historia.

Sí, creo que hasta yo mismo me estaba cansando de contarla.

Estupendo. Y ahora ¿qué?

¿Cómo?

Digo que a qué viene todo esto.

Me parece una historia interesante. Una historia de la que se pueden aprender muchas cosas.

¿Quieres decir que tiene algo que ver conmigo?

Sí; de alguna manera, creo que sí.

Pues empieza a explicármelo, porque yo no veo nada de nada.

¿No te dice nada?

No.

Bueno, en ese caso no sé si merece la pena seguir con ella.

Oye, escúchame. Me has tenido aquí media mañana contando una historia en la que un tipo ideal, ideal hasta en sus traspiés, tiene que soportar que se le suicide su esposa y todavía pretendes que saque una lección de ahí mientras tú te haces el sugerente. ¿De verdad quieres que me interese por lo que me has contado? Pues entonces cuéntame además algo de la mujer; porque no sé si te has dado cuenta, pero a todo el exquisito análisis a que has sometido la actuación de tu amigo no se corresponde más que un trazo grueso, una sombra, un espantajo por esposa. Es un equilibrio imposible. Es una historia en la que una tiene que estar al lado del marido necesariamente –algo así era lo que me pedías, ¿no?– y ningunear completamente a la otra parte de la pareja. Ni siquiera un novelista primerizo haría una pifia como ésa.

¿Qué pasa? ¿Te ha molestado?

No. Me ha aburrido.

Mientes. Pero es asombroso el grado de cerrilismo a que se ha llegado con esta nueva moda del reparto por cuotas de presencia de minorías en la sociedad.

¿Qué?

Lo que has oído. Ahora, cada vez que se hace algo, lo primero, antes de empezar, es cumplir con las cuotas: tanto por ciento de negros, tanto por ciento de marginados equis, i griega y zeta, tanto por ciento de maricones y otros... En mi relato no he cumplido con la cuota de mujeres y la hemos jodido. Por Dios, no me fastidies ahora tú con esas patrañas. Tú no.

No es un problema de cuotas. Eres tú el que me decepcionas. ¿Qué te crees? ¿Que soy una de esas feministas militantes? Pues estás muy equivocado. Pero tampoco soy una ignorante y, no ya como persona que piensa sino como simple profesora de literatura que sabe, te digo que no se puede contar una historia entre dos escondiendo el modo de ser de uno de ellos. Eso es pura y simple trampa narrativa. Por eso te vuelvo a decir que tu historia no vale nada si no me cuentas la otra mitad.

Me avergüenzo de haberte enseñado, te lo digo muy seriamente. Me avergüenza que no seas capaz de entender la historia que te he contado tal como te la he contado.

¿La de ese idiota que no tiene cojones para hacer frente a una situación y, además, confunde a una simple con Palas Atenea?

Pero ¿cómo puedes ser tan ridícula?

¿Ah, sí? No me fastidies.

¿Y tú has venido a verme? ¿Por qué? ¿Para qué?

Eso me pregunto yo ahora.

No voy a tolerar que te burles de lo que te he contado. Si no eres capaz de ver a ese personaje, cállate; al menos cállate. Y contesta cuando se te pregunte: has venido a verme porque me necesitas. Entonces, ten la humildad de no echar en saco roto lo que te diga, de no ponerte histérica porque no he metido la correspondiente cuota femenina en mi historia. Y has de saber que un narrador cuenta desde donde le interesa contar y no está obligado a contar más que aquello que le interesa transmitir. No está obligado a contar el mundo sino la parte de mundo en la que se ha detenido. Es una historia terrible y tú la has convertido en un problema de proporciones. De verdad te lo digo: me avergüenzo de haberte enseñado.

Si alguien tiene que empezar, empezaré yo mismo: lo siento. He perdido la cabeza y te he insultado. Es imperdonable.

No. No es imperdonable. Lo que pasa es que cuando se dicen ciertas cosas, quedan dichas, perdona que te diga.

Siempre se pueden olvidar.

Eso es lo que tú te crees. Hay cosas que no se pueden olvidar así por las buenas. No tiene nada que ver con tus deseos, tiene que ver con las cosas que son irreversibles.

Vamos, vamos, no exageres. Los hechos, en sí, pueden ser irreversibles; el uso que hagamos de ellos tú y yo, no tiene por qué serlo, no son de dirección única.

¿Sabes lo que pasa?, que alguna de las cosas que me has dicho las has dicho porque las crees; podrías haberlas disimulado hasta ahora, o evitado, yo qué sé; pero el resultado es que has dicho lo que piensas de mí. Explícame cómo arreglamos eso. No tiene arreglo: es lo que piensas de mí.

En absoluto. Te he atribuido cosas con ánimo de ofenderte porque me estabas sacando de mis casillas. No te confundas.

Mira, me gustaría confundirme, de verdad. Pero has dicho lo que piensas. No sé. No me esperaba esto de ti.

Sigues resentida.

Mucho.

Pues no sé cómo salir de este lío. Mírame. Soy un tipo que ha sobrepasado con creces los sesenta años y he pasado el que debía ser el mejor decenio de mi vida solo y perdido. Llevo mis últimos cuatro años encerrado aquí. He debido de volverme una persona intratable.

Puedes jurarlo.

Escucha: me duele verte así. Volver a encontrarnos cara a cara, después de tanto tiempo, era un acontecimiento jubiloso para mí. Tus cartas me han animado mucho en estos años. No nos merecemos una situación como ésta.

Pues tú te la has buscado a conciencia. Yo desde luego que no me la merezco.

Tiene que haber un modo de recomponer esto. Vamos a intentarlo. Nos conocemos demasiado bien para que no pueda ser así.

No sé, de verdad, no sé qué es lo que quieres.

Quiero que retomemos la cosa donde la habíamos dejado. Estábamos hablando de ti, de tus problemas, y yo he metido la pata hasta el corvejón contándote otra cosa, estoy dispuesto a reconocerlo. He sido inoportuno, pero sabes que lo he sido con la mejor intención: quería explicarte algo, demonio, y mira la que he montado.

No es la historia lo que me ha molestado.

Lo sé, lo sé.

Está lloviendo igual desde que ha amanecido. Es desesperante.

Mala suerte, sí, para dos días que vienes.

Ayer no fue malo.

Al menos eso.

No sé cómo te viniste aquí. La gente debe de criar musgo en los huesos.

Lo que más siento es no poder animarte, pero el día no tiene aspecto de mejorar. Quizá a la tarde.

Da igual.

Pero deberíamos hacer algo.

No tengo ganas de salir ni de quedarme aquí dentro. No se me ocurre qué podemos hacer.

Bueno, yo pienso que, quizá, coger el coche y acercarnos a alguna parte.

¿Habrá algún sitio en el que no llueva?

No creo, pero al menos nos moveremos. Al menos tendremos la sensación de que no estamos atrapados detrás de una ventana viendo llover. Yo suelo hacerlo en días como éstos.

Es el color gris.

¿El qué?

Lo que cansa. No es la lluvia, es el color gris. Es tan triste que te deja sin fuerzas.

Va a ser la hora de comer. Vamos, anímate.

No sé si tengo hambre.

Qué difícil ¿no?, volver a hablar ahora de mi caso.

Sí, ciertamente. Pero es sólo un esfuerzo. No te digo que olvides la discusión que hemos tenido en casa; sólo te pido que la aparques; ya verás cómo, enseguida, estamos otra vez hablando de lo que nos interesa. Eso es lo que sucede entre personas inteligentes.

No le des tanta importancia a la inteligencia.

No puedo evitarlo.

Si yo fuera inteligente me enfrentaría a todos estos líos de otro modo.

Tú eres inteligente. Mucho. No confundas inteligencia con sentido práctico; se pueden dar juntos, pero jamás se confunden. Además, piénsalo bien: si no estuvieras tras la duda de irte o no irte a trabajar con Armstrong, estarías pensando en una cátedra aquí en España. Y, dime una cosa: si la ganas ¿no tendrías el mismo problema?; quiero decir: puedes conseguirla en Madrid, pero también puede ser lejos de allí, como yo en Canarias.

No es lo mismo. Tú sabes muy bien que hay muchas maneras de agrupar clases y estar parte de la semana con la familia. Ya estuve a punto de verme en ésas... Ah, bueno, si ya te lo he contado. Mucho viaje y todo, pero no sería lo mismo. Lo que sí me hace pensar es el hecho de que, aunque no lo creas, haya tenido olvidada la idea de alcanzar una cátedra y que, en cambio, la posibilidad de trabajar con Armstrong me haya tentado desde que la imaginé, cuando ni siquiera había una oferta formal.

Eso se llama deseo.

Sí, pero deseo ¿de qué?

Tú lo sabrás, tú lo experimentas.

¿Deseo de saber? ¿Deseo de fama? ¿Deseo de venganza?

Ya no me atrevo a aventurar una opinión, no vaya a ser que vuelva a meter la pata. Por lo menos no antes de comer.

No seas ganso.

Lo digo de verdad. Pero, en todo caso, tienes que tener la respuesta dentro de ti; debería bastar con que te interrogases. Un deseo no surge de la nada ni es una estrella fugaz. Un deseo está firmemente anclado en nosotros, sobre todo un deseo de esa magnitud. Quizá no te preguntas correctamente, no buscas en el lugar donde anida el deseo.

Ay, no me canses, por favor. He venido aquí con la única intención de que me ayudes a ordenar, a buscar, a ver. ¡Pues claro que no me pregunto correctamente!

Pues es extraño que tú, tan inteligente, no sepas buscar. ¿Has pensado en la posibilidad de que, en el fondo, no quieras una respuesta?

¿Que no quiera una respuesta?

A veces, la inteligencia nos lleva a situaciones que, por ella misma, no podemos dejar de ver. Pero también sucede que no deseamos verlas porque nos conducen a conflictos que no nos gustan. Entonces, algo dentro de nosotros actúa y desactivamos, de una manera defensivamente insconsciente, una zona del mecanismo de acción de la inteligencia. Con eso queda bloqueado el acceso a la zona de peligro. El resultado es extraordinario: no llegamos a ella, con lo que estamos protegidos y, al mismo tiempo, seguimos operando con la ilusión de que no renunciamos a la propia inteligencia.

Fascinante.

¿Verdad que sí?

Anda, mira a la carretera.

Estoy mirando, no te preocupes.

¿Quieres decir que me puedo estar ocultando la verdadera razón por la que quiero ir a trabajar con Armstrong?

Quizá. O quizá te estás ocultando la verdadera razón por la

que no quieres ir a trabajar con Armstrong. O la verdadera razón por la que no quieres salir de España. O la verdadera...

¿Te importa ir atento a la carretera?

... razón por la que te quieres ir de España.

Creí que había venido a aclararme, no a confundirme más de lo que ya estaba.

Para hallarse hay que perderse antes. «Pues sólo el que se pierde me hallará». ¿Recuerdas el Evangelio?

Menos que tú.

Llámame viejo que no protestaré. Estoy en deuda contigo. Pero no te excedas, yo también soy sensible.

Tú eres un listo que siempre te acabas saliendo con la tuya. Eso es lo que eres. Ay, Dios mío, por qué no sería un ama de casa sin más, bien atendida y todo eso por un marido que me gane bien, como suele decirse.

Oh, oh. Esa frase... ¿dónde la he oído antes?

No en mi boca, ya lo sé.

Entonces no digas tonterías.

Y tú deja de mirarme y conduce. Creo que sí que tengo hambre. ¿Falta mucho?

¿Para el restaurante?

No. Para mi cumpleaños. No te fastidia...

No puedo creer que aquí nos estén preparando un Dry Martini. Este país es la monda.

Bueno. Yo me tengo ya muy trabajada la zona. Éste es un *hotel con encanto* puesto por una pareja como tú y tu marido, que dejaron la ciudad y se vinieron aquí. Y resulta que tienen un restaurante pequeño y excelente porque estuvieron asociados con un cocinero de primera durante los dos o tres años iniciales. No hay misterio, es la vida moderna.

Yo lo agradezco mucho, desde luego, pero no creo que una cosa así sea mi *cup of tea,* si quieres que te diga la verdad. Eso de alejarse del mundanal ruido, no sé si verdaderamente merece la pena. Es como una vía de escape, ¿no?

Depende de cómo lo mires, depende de lo que le pidas a tu vida, depende de tu ambición...

Eso es lo que parece: falta de ambición, falta de ganas.

Ya. Pero también uno tiene derecho a elegir. El problema es elegir. Uno tiene derecho a que el tráfago del mundo le parezca insufrible e insuperable. ¿No es mejor, en ese caso, salirte de él y buscarte la vida en otro espacio? No es que esté defendiendo mi vida actual, que se parece a lo que estamos hablando, sino que defiendo lo que tiene de elección; una elección fruto de un análisis lúcido, no de volver la cabeza ante lo que no nos gusta.

Puede ser. Yo debo estar en otra onda, porque no me tienta nada. Es un poco bucólica, ¿no?, esa idea más bien simple del campo y la vida sencilla. El campo es brutal y la vida campestre es agobiante, digas lo que digas. A lo mejor, para un vejestorio como tú, no tanto. Pero una pareja joven... No sé. Uno tiene que vivir en el mundo en el que le ha tocado vivir. Tampoco es tan malo. Imagínate que somos vietnamitas en plena guerra con los Estados Unidos. Pues ahí estuvieron, ahí les tocó. Y ganaron.

Menuda victoria: ganar y ponerte a vivir como te diga el Partido. No sé qué ha debido ser peor para ellos, si la paz o la guerra.

Anda, no seas incordiante.

Pues no seas tú frívola.

¿Eh? No. El de vodka es del señor; el mío es el de ginebra. Gracias.

Dios mío, vamos a tener que brindar y aún no nos hemos reconciliado del todo.

Te dije que no te iba a perdonar, pero como aún te necesito, brindaré contigo. ¿Por qué o por quién?

Por tu felicidad.

Vaya. Qué gentil.

Me estoy regenerando. Salud.

¿Tú crees que yo tengo talento?

A ver, explícate.

Me pregunto si tengo cabeza para meterme en este lío.

¿Tienes miedo?

No sé si es miedo. Tengo inseguridad. ¿Y si, después de todo, no tengo capacidad para hacer lo que me gustaría hacer?

Pero ¿sabes lo que quieres hacer?

Sí lo sé, pero no puedo definirlo. Lo que me estoy proponiendo es trabajar en el lugar más exigente y a lo peor no puedo dar la medida.

Es decir: no se trata de saber adónde vas, sino de ponerte en el punto de máxima exigencia.

Sí, algo así.

Pero eso es el todo o nada. Veamos: tu aspiración es convertirte en la más alta autoridad en el Romanticismo inglés...

No, no es así. Mi aspiración es llegar, en ese campo, a elaborar una concepción mía que haga moverse hacia adelante el conocimiento del Romanticismo inglés. Yo tengo una base importante y, llamémoslas así, una serie de intuiciones que están tomando cuerpo. Sin embargo, necesito fundamentar esas intuiciones, exponerlas y formularlas. Y tengo lagunas que necesito cubrir para saber que, aunque me acabe equivocando, camino sobre terreno firme. Esa firmeza es necesario contrastarla para comprobar su resistencia. Un experto, a quien yo considero la máxima autoridad en la materia y, al mismo tiempo, el más arriesgado de los investigadores, es alguien que me puede ayudar.

Quieres que Armstrong te guarde las espaldas.

No, no; quiero que me enseñe, no que me proteja. Yo necesito..., no sé cómo explicarte, necesito superar escollos, necesito excitación, necesito un retador, eso es, ¿me entiendes?, un retador.

Necesitas medirte con el mejor.

Pues sí. En cierto modo, sí. O sea, que aquí no tengo alicientes. Puedo trabajar como una gloriosa rata de biblioteca, puedo dar clases que me satisfagan, pero no tengo alicientes. Nada me obliga a ir más allá del cumplimiento de mis deberes y de una cierta satisfacción de haber alcanzado un puesto en el escalafón. Y, si quiero hacerlo, no tengo nada interesante que superar. Lo más interesante aquí, para mí, es alcanzar la cátedra y, todo lo más, hacer trabajos que resumen lo que ya sabemos; o, por lo menos, lo que ya sabemos los que más leemos. Y eso, ¿qué es? ¿Adónde te lleva eso? Es como ser un erudito de provincias: acumulas mucho, pero no descubres nada por ti mismo. ¿Por qué no me voy a ir allí donde están los que nos proporcionan a los provincianos el material para dar clases y hacer resúmenes?

Bueno, bueno, qué ímpetu. Tú quieres ser fuente, nada menos, un modelo de referencia.

Exactamente. Eso es lo que quiero.

Ya. Pero... ¿no se parece todo esto que me estás contando a un castillo en el aire? A mí no me parece que las cosas se hagan así. Yo entendería que te hubieras ido de España nada más terminar la carrera, a ampliar estudios y que, estando allá, donde fuera, la integración en el mundo de tu especialidad te hubiera llevado a tomar la decisión de no volver porque, en tal caso, pertenecerías ya a aquel mundo de sabiduría y no a éste. Entonces sí habrías conseguido tu objetivo por la vía natural. Pero que hayas hecho tu carrera en España, en la provincia, como tú dices, y a estas alturas te veas conmovida por el deseo de ser lo que no has sido..., me parece extravagante, me parece algo fuera de lugar.

Quieres decir que he perdido mi oportunidad y estoy soñando.

Algo parecido, si no te molesta que te lo diga así.

No, no me molesta.

La prueba es que te quieres ir, pero no te mueve una conclusión concreta sobre tu campo de conocimiento a la que hayas llegado, una conclusión que proceda de tu conocimiento, de tus investigaciones, sino que hablas de intuiciones..., ¿qué son esas intuiciones, a estas alturas? Todo suena, más bien, a que te fascina un estado, como a la gente que se enamora del amor.

Joder, qué duro es eso.

Por favor, no me lo tomes a mal. Es más, estoy exagerando adrede; no lo tomes al pie de la letra.

¿Y si lo que ocurre es que quiero ir a ver qué pasa?

Bueno, qué quieres que te diga. Sigue siendo una opción a darse el gran tortazo. No es grave, pero ¿has pensado en cómo te vas a sentir cuando vuelvas?

Claro. Por eso tengo un problema.

Yo creo que tienes dos.

¿Dos?

Tu vana ilusión, por una parte, y tu problema familiar por otra.

Ayer, el familiar te parecía un falso problema.

Yo sigo pensando que no.

Ay, Dios mío, no me compliques la existencia más de lo que ya lo está.

No, en efecto, vamos a aparcar lo de la familia, ¿de acuerdo?

Tengo la sensación de que me estás enredando otra vez.

¿Otra vez?

Te diré que a ratos me recuerdas los viejos tiempos, cuando me enredabas con tu labia para que me acostara contigo.

Vaya, un reproche desde el fondo del tiempo.

Una asociación de ideas y punto.

Pero hay que ver lo mala que eres, lo femeninamente mala que eres. ¡Ah, no, aguanta! ¡No te protejas con tu sexo! Esa manera de llevarte la conversación de lado para dejar entrar una flecha envenenada no es propio de un combate cara a cara.

¿Ah, esto es un combate? Ahora ya lo entiendo todo.

Pues no me vas a poner nervioso, por más que sigas desviando la conversación. ¿No eres de las que dicen que quieren la verdad aunque duela? Querida: atente a las consecuencias y aguanta, aguanta con todo ese carácter que se supone que has de tener si quieres lanzarte a la aventura inglesa. No te ha gustado lo que te he dicho, reconócelo; pero no te defiendas con maniobras de distracción. Si te vas a defender, te advierto de antemano que yo no ataco, no tengo el menor deseo ni la menor intención de atacarte, quiero que quede claro. Y no ataco *precisamente* porque esto no es un combate. Toma una decisión, y sobre ella seguimos o cambiamos de asunto.

¿Lo ves? ¿Lo ves cómo me ganas a base de labia? Ahora yo te tengo que pedir perdón y, encima, me siento peor.

Pues no te sientas peor. Esto vuelve a ser una conversación de amigos. Vamos a ver: ten un poco de confianza en mí, para eso has venido. No podemos dejar que se desvirtúe este encuentro; ni por nosotros ni por lo que te ha traído hasta aquí. En fin, la verdad es que a tu problema le debo el poder volver a verte y, ahora que lo pienso, quizá tuviera que tratarlo con un poco más de cariño; no cambiando de pensamiento, sino de modo de afecto contigo. Mira: me he convencido. Prometo quererte.

Me gustaría sentirme tan ligera y tan estupenda como tú, pero no puedo. Esto me pesa mucho.

Bueno. Vamos a ver cómo nos las arreglamos para conseguir una beca para que desarrolles tu talento.

Pero ¿lo tengo? Eso es lo que te preguntaba antes.

Sí tienes talento. No sé si para aquello en lo que lo quieres utilizar, pero lo tienes.

Y aquí, dime, ¿para qué lo quiero?

¿Aquí? No hables de aquí, de este país, como si fuera un páramo, no seas tan drástica.

Quién te ha visto y quién te ve. O es que cambias cuando hablas conmigo de este problema. Tú has sido siempre, mucho más que yo, un detractor furibundo de la Universidad de este país y tú, y no yo, es el que la ha abandonado al día siguiente de cumplirse el plazo legal, y todo para venir a recluirse en una villa del norte porque ya no cree en nada. Y ahora me dices que no sea drástica... Lo que no entiendo es por qué la has tomado con mi plan y con Armstrong. ¿Es que estás celoso?

¿Quién, yo? Qué majadería. Yo no tengo derecho alguno a estar celoso de ti, así que no puedo estarlo. Para que haya celos tiene que haber una situación capaz de encelar a alguien. Tú me dirás cómo me afecta eso a mí, que no te trato más que por carta desde hace años.

Pues eso digo, que no lo entiendo.

Pero ¿qué es lo que no entiendes?

No entiendo que estés de uñas cada vez que hablamos de mi proyecto de irme a Inglaterra.

Realmente, si no te conociera diría que eres perversa. Me importa un carajo lo de Inglaterra con Armstrong y todo. Sólo me interesa en la medida en que me interesas tú y pienso en lo más conveniente para ti. Y pienso en lo más conveniente para ti porque me lo has solicitado tú. ¿Está claro? ¿Podemos volver a tu talento, a ver si, de paso, lo recuperamos y podemos seguir charlando tranquilamente?

Está bien; de acuerdo; de acuerdo; volvamos a mi talento.

A ver: ¿por qué dudas de él?

Porque... Mira: porque no tengo ni tiempo ni medios para usarlo, ¡coño!

Pues habrá que buscar dinero. En la Universidad y fuera de la Universidad hay dinero. Ahora la cultura se estima socialmente más que antes.

No creo que aquí vaya a dar nadie un duro para profundizar en la literatura inglesa, señor Listo. A ti es que la distancia te ha ablandado el cerebro, por lo que se ve.

Lo que pasa es que tú no tienes malicia.

No. Lo que pasa es que nadie te paga para que desarrolles tu talento; te pagan casi por cualquier cosa, si estás de suerte o te la sabes buscar. Pero nunca, nunca, encontrarás a nadie que pague para que desarrolles tu talento. Nunca. Eso te lo tienes que buscar al margen. Al margen es como yo me he conseguido esta oportunidad y sé que, si la dejo pasar, no volveré a tener otra.

Pues, si es así, vete. Líate la manta a la cabeza y vete. Pero deja de vacilar, pareces un escorpión dando vueltas sobre sí mismo.

Pues esa imagen no me gusta, ¿sabes?

La verdad es que me estás volviendo loco. ¿Qué es lo que quieres, entonces?

¡Y yo qué sé lo que quiero!

Espera. Calma. ¿Encargamos la comida y seguimos?

Los escorpiones, ahora que lo pienso, sólo dan vueltas sobre sí mismos y se clavan el aguijón cuando no tienen escapatoria. Lo vi en una película donde aparecían rodeados por un círculo de fuego. Una escena bastante dura. Unos niños miraban, excitados.

Está claro que no es tu caso.

A veces pienso si no estaré actuando así. De verdad, me he perdido.

Eso es cierto, me parece que estamos un poco perdidos. Yo creo que es porque ya no sabemos bien de qué estamos hablando. Tú misma no estás segura de lo que pretendes hacer, no sabes bien de qué te vale. De repente tengo la impresión de que la idea de lanzarte adelante te gusta en sí misma y luego has magnificado la situación buscando un punto de apoyo: Armstrong existe y se ha dirigido a ti y eso te ayuda a creer en tu ilusión, o en tu plan, no sé cómo llamarlo ahora. Bien, pero se impone una reflexión: ¿no habrá algo más detrás de todo esto? ¿No habrá algo más que te está dañando y que no puedes afrontar? ¿Y acaso por eso aparece la idea del cambio y del viaje, como una manera de dar salida a algo que no comprendes, algo a lo que no sabes o no puedes dar nombre y que es lo que verdaderamente te agita y te obliga a actuar? Es un problema clásico: no reconoces la amenaza, pero sabes que está ahí acechando.

No hay ninguna amenaza; es un deseo, un deseo muy claro.

Te lo parece, sí, pero no logras concretarme ese deseo. Al final, lo que buscas es tan misterioso como tu propia necesidad de hacer algo. Piensa: hacer algo, hacer algo. Necesitas acción porque no puedes estarte quieta, no sabes estarte quieta. Es como cuando decimos que el cuerpo nos pide tal o cual cosa. El cuerpo no nos lo pide casi nunca, somos nosotros los que invadimos nuestro propio cuerpo con una exigencia de necesidad que es como una descarga emocional. Es una descarga, una liberación de energía que canalizamos como podemos. En un entierro eso se convierte en llanto desgarrado, pero en una situación de la vida sobre la que se acumulan muchos cabos sueltos, muchas terminales de energía que desembocan en la misma corriente, cualquier cosa que se parezca a un proyecto, un plan, un espacio abierto, se convierte en el recipiente de toda esa energía sin control. Por ahí somos capaces de llegar a cualquier extremo de entrega o heroísmo y, sin embargo, como sucede con los hechos de los héroes, casi siempre damos en un acto de irreflexión. Los héroes son locos con suerte. También para ellos el deseo era claro; el fin, propicio; y, sin embargo, no había más que obnubilación y fuerza ciega en la decisión que los conducía a una gloria tan vana como celebrado era su acto de heroísmo. Hoy en día, cuando de los dioses apenas queda el recuerdo que vaga entre las sombras de la memoria, los hombres exorcizan el miedo con actos de irracionalidad, con emociones inmediatas. Es la manera de no pensar. Pensar da miedo.

Pero ése no es mi caso.

En cierto modo, no y, en cierto modo, sí. Yo creo que has pensado mucho sobre tu situación, pero has pensado en redondo, tu pensamiento es circular. Estás empantanada. No hay progreso; por ello no sabes qué hacer. Y tu inteligencia no entiende.

Los héroes también eran ejemplares.

Los antiguos, sí.

Yo me siento muy antigua...

Y muy sarcástica a la hora de comer, ya veo. En fin, eso ha estado bien y te voy a conceder una cosa a cambio. De repente, cuando yo hablaba de lo tarde que se te ocurre ponerte en marcha hacia esa especie de aventura total, me he acordado de Kant. Me he acordado de una pregunta que me he hecho muchas veces. ¡Ojo!, no te hagas ilusiones, que no voy a compararte a Kant.

No me lo esperaría ni aunque lo mereciera.

Eso está bien. Bueno, pues, como te digo, recordaba una pregunta que me vuelve siempre porque no acabo de hallar una respuesta que me convenza. Piensa en Kant: un profesor de Königsberg, tan sedentario que nunca abandonó su ciudad, que se inscribe en el racionalismo más puro, un profesor tradicional, un conservador prusiano aparentemente llamado a repetir a sus alumnos lo meramente aprendido... Y, de pronto, ¿qué demonios pasa por la cabeza de ese hombre? ¿Qué es lo que procura una conmoción interna tan formidable como para que a los cincuenta y seis años, ¡a los cincuenta y seis años!, sea capaz de concebir la *Crítica de la razón pura*? Y ya no se detiene: son nueve años portentosos, en los que siguen la *Crítica de la razón práctica* y la *Crítica del juicio*. Y toda la Filosofía cambia a partir de él; Hegel y Comte son impensables sin él, casi todo lo que hemos aprendido desde entonces es imposible sin él, sin ese profesor llamado a ser tan sólido como rutinario. Para mí, el mayor misterio de la Filosofía es lo que ocurrió dentro de esa cabeza. Me olvido, por supuesto, de las diversas lecturas que explicarían su reorientación en términos de influencia, Berkeley, Hume, Rousseau, eso no es importante, cientos de profesores como él recibieron la misma influencia y ni se inmutaron o la condenaron. Es esa cabeza, esa cabeza de un casi anciano, esa cabeza que, a semejante edad, se levanta y sufre tal corrimiento de tierras que rasga el conocimiento de punta a cabo, lo que me obsesiona. Esa cabeza que yo no tengo. En fin, todo esto es para decir algo en tu favor: quién sabe si tu cabeza no se alzará tan soberbiamente, quién sabe si no estarás a punto de hacer lo que debes. Es el deseo, el deseo, lo que puede transformar de ese modo. Pero el deseo de qué, ¿de qué?

Creo que nunca has sido tan gentil conmigo.

Eso es porque me he arrebatado. La historia de Kant siempre me saca de mis casillas.

No, por favor, no empieces a recular, déjame disfrutarlo un poco, unos minutitos aunque sea.

Sólo quería decirte que quizá yo no soy la persona adecuada para hablar contigo. Pero eso no quita para que seas una profesora tradicional que no desea quedarse en ser sólo eso, lo cual es bueno, aunque no sea más que una intención, y que estás en una Universidad que, desde luego, sólo puede dar la medida de tu mediocridad, nunca la de tu talento.

Tendrías que ver, también, el alumnado que entra ahora.

Bah, no creo que difiera mucho del mío. Unos pocos jóvenes con talento y una masa media anodina. Quizá se sienta con más fuerza el efecto de la masificación, pero eso será todo. Son las raíces de la enseñanza las que están podridas. Este país pasó del analfabetismo de la preguerra a la miseria intelectual de la posguerra. Puso no ya la enseñanza sino el concepto mismo de nación en manos de la Iglesia. Y eso se paga.

Pues te diré que un día, no hace mucho, estando en clase, descubrí que un alumno no sabía lo que quería decir teocracia. Lo descubrí mientras me dirigía a él y lo descubrí por su modo de reaccionar ante lo que yo le estaba diciendo, no porque él lo preguntase, es decir, porque sintiera duda o curiosidad. Estoy segura de que nunca hubiese preguntado por su cuenta sino que, como mucho, habría almacenado la palabra o, lo que es más seguro, la olvidaría al salir de clase. ¿Qué deduces de eso? Lo que yo deduje en ese momento es que, en buena lógica, tampoco debía saber lo que es jerarquía. Y ahora dime: ¿te das cuenta de hasta dónde tendría yo que retroceder para empezar a enseñar a ese chico? Tendría que empezar a enseñarle todo lo que necesita para llegar a nociones que en la Universidad son básicas, es decir, tendría que volver a enseñarle el bachillerato. ¿Qué ha hecho este muchacho durante el bachillerato? ¿Qué le han enseñado? Un colega, un profesor de Historia del Arte, se encontró con que estaba enseñando pintura española a unos alumnos que no sabían muy bien quién era Jesucristo. ¡Pintura española! ¿Qué te parece? Una pintura que es eminentemente religiosa; es decir, que este hombre tendría que empezar por explicarles la iconografía cristiana elemental. Éstas son, y tú debes saberlo, las condiciones en las que se desenvuelve un profesor en este país. Yo me refiero a nuestros intereses, porque de los problemas de la medicina o de la investigación científica sé más bien poco. No creo que te cueste mucho entender que mi esperanza de satisfacción en nuestra

Universidad es más bien cero. Tú, al menos, encontraste gente como yo, que se interesaba por todo lo que aparecía ante sus ojos y trataba de entenderlo. Yo ya no recibo más que a gente mal formada y desinteresada. De modo que la idea de poder trabajar en lo que te interesa es ya la única forma de no morir, por eso quiero irme de aquí. Fácil de entender, ¿no?

Pero quedas sujeta: pedirás un sabático y seguirás manteniendo tus lazos con tu detestada Universidad española.

Claro que sí. ¿Algún reparo? ¿No vives tú de tu retiro? No sé si hay una infiltración de mala uva en tu comentario. Espero que no me vayas a decir ahora que si soy tan valerosa y decidida por qué no rompo todos los lazos.

Me lo has quitado de la boca.

Por lo mismo que tú. Porque son malos tiempos estos para gente como nosotros, y fuera hace frío y dentro de casa se puede aguantar. ¿Y qué? Mi puesto me lo he ganado y no lo pienso tirar, no sólo por mí, que no me importa tanto, como por mi familia. Hay lazos que no se pueden soltar sin ser un inconsciente o un egoísta. Romper con la Universidad no depende sólo de mí, depende también de mis hijas, y de mi marido.

Pues no te vayas. Así acaba tu problema.

Tienes razón. No es verdad. No es verdad.

Además, tu marido te gana bien, como dicen las señoras bien.

No seas sarcástico, por favor. Dime: ¿te interesa lo que te cuento o estás a ver si me pillas para que salte?

No, no. Estoy muy interesado. Surgen dudas, de repente, en medio de la conversación, y yo las suelto; pero no tengo ninguna intención de buscarte las vueltas. Es... una especie de deformación profesional.

Pues yo lo que necesito es un poco de formación, no lo contrario.

En resumen: tu vida en la Facultad carece de sentido.

Carece de alicientes.

Reconozco que la invitación de Armstrong no puede ser más oportuna. Visto así, la verdad es que el único problema que quedaría es el de la familia, qué hacer con la familia. Todo lo demás está resuelto, lo que se dice resuelto.

A ver, explícate.

Pues eso, que hemos reducido el problema considerablemente. Eso es un avance, me parece a mí.

Mira que tienes mala leche.

¿Yo?

Empiezo a pensar que eres incapaz de ayudarme. Que te puede tanto el deseo de mandar y tener razón que prefieres seguir siendo el profesor elevado y no el amigo. Tú... tú no me tienes respeto, ésa es la verdad. Es jodido reconocerlo, pero es la verdad. Aquí está el gran maestro cuidando de sus alumnas, protegiéndolas y alimentándolas con el espíritu de la sabiduría. No sé si te das cuenta de que hemos crecido y eso debería convertirte a ti en un verdadero maestro y no en el engatusador que eras y en un viejo rijoso.

A ti te entregué mucha sabiduría.

Empiezo a pensar que te la saqué yo, mientras me engatusabas como a las otras.

No voy a negar nada, me da igual, asumo lo que sea porque esto me aburre a más no poder. Pero no tergiverses: siempre aprecié y sigo apreciendo tu capacidad intelectual. Cosa que sabes muy bien.

Y qué me importa ahora, ¿eh?

Pero ¿es que no voy a poder meter el dedo en la herida sin que pegues un brinco? Creo que es lo más importante. Creo que es la clave de tus problemas: tu capacidad intelectual.

¿Qué pasa? ¿No vas a tomar nada más?

No tengo hambre.

Eso es somático.

Muy bien, pues que lo sea. No tengo hambre, y punto.

Ha dejado de llover.

Ya lo veo.

No es tan sencillo. Que se abra un día como éste resulta vivificante. No suele suceder así. El día encapotado, gris, cabezón, no suele regalar una tarde abierta.

No está abierto; sólo ha dejado de llover.

Es el principio. Luego empezará a distinguirse una mancha de luz y ese cielo difuminado empezará a clarear. Y de pronto, ¡plop!, un rayo de luz atraviesa el velo y éste se va por sus bordes en cuestión de minutos. Ya lo verás, es un espectáculo.

Estupendo. Me gustaría tomar un café.

Ahora mismo.

¿Y si lo dejamos?

Pero ¿qué dices? ¿Otra vez te quieres echar atrás?

Empiezo a pensar que es lo mejor. No ha sido una buena idea venir a verte.

Qué horrible afirmación.

No a ti, sino venir a contarte esta historia... o lo que sea.

¡De ninguna de las maneras! Precisamente cuando estamos en el mejor camino, cuando empezamos a ver...

¿Ver? Ver ¿qué? Todo está ciego, no hay paso, yo he llegado a la oscuridad más negra con tu inestimable ayuda. ¿Qué es lo que vamos a ver?, ¿aún más negro?

Ay, ay, ay. No seas tan impulsiva, ni tan compulsiva; la luz nace de la oscuridad, ¿no has leído la Biblia?

En parte.

Pues en ese caso confía en mí, que sí la he leído. Es el Libro de los libros, te lo dice tu antiguo profesor, tu confesor, tu cómplice. ¿Cómo vas a vacilar ahora?

Mira, estoy desesperada y, sobre todo, muy cansada, mentalmente muy cansada. Prefiero que lo dejemos.

No y no.

Por más que te empeñes, no hay manera... se necesitan dos para seguir adelante.

En tal caso, me vas a obligar a jugar duro.

¿Alguna vez has dejado de hacerlo?

Muchas veces, querida. De pronto me pareces otra persona,

alguien que se aleja, en efecto, como pretendes tú. Pero si la vida se mueve a su aire, las personas no funcionamos igual. Los actos cometidos nunca son en vano. Tú estás aquí y no te vas a escapar sin que yo te lleve a donde tú misma quieres ir. Eso dalo por hecho.

Pero, oye, ¿qué pasa? ¿Me estás amenazando?

En cierto modo, sí.

Pues, en cambio, yo creo que he venido a ver a la persona equivocada. Es verdad que me has enseñado muchas cosas, es verdad que he aprendido mucho de ti. Sin embargo, creo que eso pertenece al pasado. La verdad es que tus opiniones cada vez me parecen más perdidas en el pasado. No tienes nada que decirme sobre lo que te he contado y lo enmascaras dando vueltas por aquí y por allá y enturbiando un poco todo. ¿Qué he sacado en limpio? Nada de nada. No entiendes cuál es mi problema y no sabes cómo afrontarlo. Todo es un truco para ganar tiempo. Y, sobre todo, hace ya tiempo que no eres mi maestro. Eso lo he comprendido ahora y no antes de venir, claro. Yo creo que el equívoco es ése: que tú te has tomado esta visita como una peregrinación al santuario y yo sólo he venido a ver a un amigo, a una persona que estimo; nada más.

Por el contrario, yo sólo veo a una persona que, además de repetirse, escurre el bulto porque no ha escuchado las palabras que tenía previsto escuchar de antemano.

¿Piensas que soy capaz de venir hasta aquí por eso?

Pienso que no lo has pensado y por eso te encuentras con lo que te encuentras y no te gusta. Pero me arriesgo a decir lo que veo y veo con claridad, con más claridad de la que tú sospechas. ¿Te atreverías a seguir escuchando hasta el final? Porque, contra lo que crees, tengo ideas claras al respecto. Nada favorables para esa posición que te has montado.

No tengo posición previa, ¿no te das cuenta?

Entonces ¿por qué rehúyes hablar del verdadero problema?

¿El verdadero problema? ¿Cuál es el verdadero problema, según tú?

Tu matrimonio y tu capacidad intelectual.

¿Qué? Tú estás loco.

Ésa, la capacidad intelectual, la inteligencia tuya es la que, cuando se ha puesto en marcha ha hecho aflorar el deseo de sacar lo mejor de ti y, desgraciadamente, al hacerlo ha hecho aflorar tambien la poquedad de lo otro, de tu matrimonio y de tu marido.

Oye, de verdad..., no puedes estar hablando en serio.

Pero ¿es que alguien puede creerse que todo ese tinglado de la aventura inglesa es un acto vocacional? ¿Que te mueves por el amor a tu profesión? ¡Por favor! Eso es una huida hacia adelante para no enfrentar el corazón del asunto. Tú me has dicho que eres feliz y yo no lo he creído. ¿Por qué? Sencillamente: porque no he visto felicidad en tus palabras. La felicidad se ve, querida, se ve a simple vista porque es un sentimiento simple; caro y raro, pero simple. A ti, parece que la felicidad te abruma, no que la disfrutas. ¿Qué clase de felicidad es ésa, si se puede saber?

Es la que es.

Buena frase. Es posible que esa felicidad te mate.

Te diré algo muy importante para mí: yo quiero ser feliz, pero no quiero ser una esclava de mi felicidad.

Acabas de concederme casi todo, no sé si te das cuenta.

Acabo de decirte una verdad que tampoco vas a entender.

No me dirijas, por favor. Sé por dónde vas.

No. No lo sabes ni lo sabrás nunca, porque ahora me doy cuenta de que has venido a este sitio a morir y te estás muriendo.

Puede ser, pero tú has tenido la mala fortuna de encontrarme aún vivo.

Ojalá estuvieras muerto.

Ese rencor es sano. Te va a hacer falta para restañar la herida. Y te diré otra cosa: ¿recuerdas tus deseos sobre lo *mejor*? Pues bien, yo te digo que tú lo que quieres es *estar* mejor. No *ser* mejor, sino *estar* mejor, una actitud menos noble y más práctica.

Muérete.

Así que me quieres muerto.

¿Por qué te viniste a vivir aquí?

Ya te lo he contado, ¿eh? Dime: ¿por qué me estoy muriendo?

Ojalá supiera por qué has venido a vivir aquí.

No te empeñes.

Es que a veces siento que te has quedado muy atrás, mira, es como si estuvieras encerrado en tus vicios. ¿Qué pasó? ¿Qué ha pasado?

¿Vicios a mi edad?

Vicios de pensamiento. Todo lo que me dices me da la sensación de que pertenece al pasado, a otra época. ¿Por qué me lo cuentas?

Yo creo que sigo pensando ahora tan bien como antes. Lo que quizá suceda es que ahora no me entretengo en buscar complicaciones. Lo que sale, sale sin subterfugios. Ya no tengo que justificarme, no tengo que fingir. ¿De dónde sacas eso de que me quedo atrás? De verdad, me gustaría saberlo.

Te has venido a un pueblo de vacas y vas a acabar pensando como una vaca.

No seas simple, por favor, no te mereces decir esas cosas.

Te estás muriendo, te lo digo en serio.

Si no lo fundamentas...

Tú no entiendes que lo sé, ¿verdad? Tú no entiendes que lo puedo ver y que no necesito probarlo, ¿verdad?

Yo no creo en ese tipo de percepciones.

Pues deberías creer en ellas.

Creo en ellas, pero sólo para lo que valen.

¡Qué sabrás tú de percepciones!

Bueno, sí, pero ¿de dónde sacas eso de que me estoy muriendo? Me gustaría saberlo.

Mira, no sé, estoy muy cansada. Creo que me voy a ir a echar una siesta.

No es mala idea. Yo también estoy agotado.

Buen descanso, entonces.

Buen descanso. Espero que esta tarde nos vaya mejor.

Seguro que sí.

Yo también lo deseo.

¿Estás ahí?

Te habías ido a dormir.

No puedo dormir. Y tú, ¿por qué no te has ido a dormir?

Estaba terminándome mi copa.

Qué va, la has rellenado.

Bien. ¿Y qué?

Que tienes razón.

¿Qué?

Que tienes razón. Es mi matrimonio.

Claro que lo es. Lo sabías desde antes de venir aquí.

Por favor, no seas perfecto; dame alguna opción.

No soy perfecto. Lo siento. Me estoy aprovechando de que se te notaba desde el principio.

¿De verdad, se me notaba?

Hay un momento en el que me he dicho: lo que pasa es que ella es más inteligente que él y, por fin, eso ha hecho crisis. Se acaba de dar cuenta, pero aún no se ha percatado del todo, aún no lo ha asumido. Lo he visto tan claro que no me atrevía a creerlo, pero es así. Eso es decisivo en la vida de una pareja. Las cosas ya nunca van a volver a ser lo que eran y tienes que enfrentarlo. Te va en ello lo que te queda de vida. Es uno de esos momentos heroicos en la vida de un mortal común. Lo que te está removiendo es eso. En el fondo, es eso. Y lo peor es que ves muy bien lo que significa.

Pero es tan duro...

Ya lo sé. No puedo decirte más. Quisiera decirte algo que te aliviase, pero no puedo, no se me ocurre.

¿Y toda esta historia se reduce a eso?

Por favor, no me preguntes.

A alguien le tengo que preguntar. Me estoy muriendo de pena.

Yo no puedo ayudarte. No puedo.

¿Y qué hago ahora?

No lo sé. No lo sé.

¡Pero es que todo se viene abajo! ¡Por favor!

Nunca he servido para esto. Lo siento.

¡No lo sientas! ¡Ayúdame!

No puedo hacer nada por ti. Perdóname.

¿No puedes o no te atreves? Pero es igual. Y, mira, en realidad tienes razón. Es un asunto mío. Los asuntos propios son propios, aunque te maten. No sé por qué estoy cayendo en pedirte nada. No acabo de crecer. Otra vez estás en lo cierto.

No llores, por favor.

Lloro porque me da la gana. Lloro por mí, por mi estupidez, porque la vida es así, porque las cosas no pueden ser de otra manera, ¿sabes? Porque las cosas no pueden ser de otra manera.

Cuatro

Es admirable. Tu capacidad de dormir.

¿Mi capacidad...? Ah, sí, creo que me he dormido; lo siento.

Si el mundo se hundiera, tú harías una pausa para dormir, a pesar de todo. No te lamentes, era tu hora de la siesta.

¿La siesta? ¡Dios mío! ¡Pero si es de noche!

No, tranquilízate, no es de noche. Son solamente las seis de la tarde, lo que pasa es que la luz se ha ido de este lugar al que te has venido a vivir. ¿Ya no te acuerdas?

Cuando estoy dormido no me acuerdo de nada.

Está bien, despierta, tómate tu tiempo. Yo voy a hacer un té.

¿Las seis de la tarde?

Sí, las seis. ¿No te sucede nunca?

Me apetece ese té.

Pues procura estar despierto cuando te lo traiga.

Oye...

Qué.

¿Estás bien?

No. Estoy muy mal. Gracias.

Me has hecho daño, ¿sabes?

Lo sé.

Me has hecho mucho daño.

Sólo el que buscabas. Nada más.

No. Te equivocas. No me refiero al que yo buscaba. No te preocupes, estoy tranquila. Incluso te agradezco tu franqueza. Pero he estado pensando y creo que has ido a hacerme daño.

Por nada del mundo...

Por ti. Me harías daño por ti. Eso es lo que me jode.

Oye...

Me has defraudado profundamente.

Pero ¿qué dices?

Desde que he llegado tú sabías lo que estaba pasando y has preferido esperar a que yo lo descubriera.

Sí. Porque tú tenías que descubrirlo. Tú.

Sí, pero has ido a buscar el daño. No estabas esperando a que yo lo descubriera. Has ido a hacer daño. Los amigos no se hablan así. Tú querías que pagase por mis errores: me lo has hecho pagar. Y me lo has hecho pagar aprovechándote de que yo confiaba en ti. Has estado dirigiendo esta conversación desde el principio. Has vuelto a intentar ser Dios conmigo, como siempre, como has hecho siempre. Ahí no hay amistad que valga. Tú tienes que ser superior, tienes que ser el maestro. No ha habido franqueza, ha habido soberbia, esa soberbia que espero que te dañe a ti como lo has hecho conmigo, aunque te escondas en un lugar como éste.

No creí que me estuviera excediendo.

Anda, no fastidies. Ahora resulta que el maestro no era consciente de que llevaba la vara de azotar en la mano, ¿eh? Eres un pervertido, te lo digo de verdad.

Y además, ¿qué es eso del maestro?

Que ya no me sirves, eso es lo que es.

Yo ya no me sirvo ni a mí mismo, querida.

Eso es algo que no me incumbe. Sólo te digo que esperaba otra cosa de ti, otra clase de afecto y ayuda.

Te he ayudado, aunque no te guste; a nadie le gusta que lo dejen con el culo al aire. Y en cuanto al afecto... en estas circunstancias no podía intentar nada más que respetarte, compréndelo. Cualquier otro acercamiento hubiera estado fuera de lugar. ¡Afecto! ¡Qué más quisiera yo!

Mira, no seas ridículo. De verdad te digo que estás cada vez más perdido y más antiguo. Te creerás que, a estas alturas, me va a importar a mí mucho pasar o no una noche contigo.

Vaya, pues podías habérmelo insinuado anoche. Me habría encantado.

Esa manera tan turbia que tenéis los hombres de mezclar las cosas... no sé de dónde viene, la verdad, pero, desde luego, lo lleváis grabado a fuego.

Vamos, olvidemos todo este asunto de una vez. Tenemos tiempo: un buen paseo, una buena cena, una noche por delante; incluso puedes quedarte un día más, seguro que puedes. Total: tu marido va a pensar mal de todos modos.

Mi marido no sabe que estoy aquí contigo, sólo sabe que me he ido a meditar antes de tomar una decisión. Así que haz el favor de no meterlo en esto.

O sea, que estás en casa de una amiga...

No. Estoy sola. Punto. Que es exactamente la verdad.

Muy bien, en eso quedamos. Ya veo que eres muy independiente. Eso me gusta.

Tú y yo no hemos quedado en nada, no seas tan protagonista.

Está bien, está bien. No voy a discutir contigo. Y, en cuanto a tu asunto, es un asunto liquidado, no volvemos a hablar de él, ¿te parece bien?

¿Para qué íbamos a volver a hablar? ¿No has terminado ya tu trabajo?

Estás horriblemente resentida.

No lo creas. En un primer momento, sí, pero ahora ya sé que no es resentimiento, sino algo muy distinto que no creo que te interese saber.

Estupendo. Ése es el espíritu. ¿Nos vamos?

De acuerdo. Nos vamos.

Tengo la agradable sensación de haberme deshecho de ti de una vez por todas como maestro y mentor, que se decía antes.

Espero que no sea una resolución definitiva. Ahora eres más libre que hace unas horas. Tu realidad aparece más despejada o, por lo menos, más clara. La claridad es animosa siempre, aun en las peores circunstancias. ¿O es que te sientes tan fuerte que has decidido prescindir de mi conocimiento de lo humano? Pero eso refuerza aún más tu ego, es aún más positivo.

Estás muy animado, por lo que veo.

¿Acaso tú no?

Por un lado, sí, y por el otro, no.

Hablemos del sí; creo que es el que mejor me afecta.

Hablemos del no, ahora que ya no te necesito.

Está bien. Dimito formalmente como maestro. Bien mirado, alguna vez se tenía que acabar. Mejor que haya sido así. Ahora somos, simplemente, dos personas que se aprecian.

¿Qué voy a hacer cuando vuelva a Madrid?

Se me ocurre una solución: no vuelvas hasta que lo sepas. Éste es un buen lugar. Oh, vamos, cariño, deja que el tiempo también actúe, no te obsesiones; siempre esa prisa, siempre esa ansia. En eso no has cambiado, ni para bien ni para mal.

¿He cambiado en algo para bien, según tú?

Desde luego que sí, y no sabes cómo.

Ya. Vale. ¿Y además de en eso?

Ah, pues en muchas otras cosas también, supongo. Por de pronto, sigues siendo tan inteligente.

Mucho, sí, ya lo has visto.

Te diré que no es fácil que alguien vea su propio problema como lo has hecho tú.

Debo ser masoquista. Tenías razón cuando dijiste que yo era más inteligente que mi marido. Lo soy, en efecto. No creas que me alegra, ni que me agrada, ni que me siento superior. Al contrario, me siento muy mal, porque es un asunto que tiene muy mala solución, hoy por hoy y en este mundo que vivimos.

Hay que sanar hiriendo, ya lo sabes.

¡No seas torpe! ¿Te parece que si mi problema fuera separarme de él estaría preocupada? A veces parece que no entiendes nada, que se te apagan todas las luces de golpe. Te dije que yo soy feliz con mi familia, con toda ella, y eso es absolutamente cierto. ¡Eso es, precisamente, lo que hace terrible la situación, pedazo de madera! Yo lo quiero, a mi manera pero lo quiero mucho y, sin embargo, poco a poco ese cariño, el mío, no el suyo, que es enormemente agradable además, se va a ir convirtiendo en algo que me asfixia. No he dejado de quererlo, ni mucho menos deseo alejarme de mis hijas o separarlo a él de ellas. ¿No te das cuenta? ¿Qué se hace en un caso así? ¿Qué se hace cuando querer a alguien, con quien además tienes dos hijas muy queridas también, es aceptar una vida que te recorta como persona? Pero no, no me digas nada, no quiero saber tu opinión. Estoy pensando en voz alta. Eso es todo.

En efecto, he estado muy torpe.

Anda, no seas bobo, que no es más que mi manera de decir las cosas.

En fin que, como se dice vulgarmente, hemos salido de Guatemala para entrar en Guatepeor.

Sí, tú tómatelo a guasa.

Yo lo único que creo es que hemos dado en el clavo y *on verra*. Bueno, no voy a hacer comentarios que sé que te dolerían, pero creo que estaba esperando algo así desde el principio. Venía implícito. Al final, los problemas están siempre en ese pozo íntimo al que hemos ido arrojando el lastre de nuestras vidas, creyendo que lo echábamos fuera.

Ahora hablas sólo de un problema. Ya me doy cuenta de que piensas que mi interés en irme a trabajar con Armstrong es una consecuencia; o peor, que es una tapadera.

¿Y no es así?

Hace un rato lo hubiera aceptado, pero ya no.

Tiene su lógica.

Ya. Es lo primero que se le ocurriría pensar a cualquiera. Por eso mismo creo que no es así.

Bueno. ¿Qué importancia tiene eso ahora?

¿Cómo que qué importancia?

Bueno, eso es algo que me parece que queda en segundo plano de momento.

No. No. Es lo esencial. Si no lo entiendes, esta conversación no vale de nada.

Si lo prefieres así, así será; pero en tal caso yo tengo poco que añadir, salvo que te engañas. Tu matrimonio, lo has explicado muy bien, atraviesa una crisis cuya única solución es la separación de la vida común. La necesidad te empuja y la costumbre del cariño te detiene. Entonces, la aparición de Armstrong es tan oportuna como suelen ser las señales de auxilio en estos casos, ni más ni menos. Eso coloca la oferta de Armstrong en su lugar. No digo que no te venga bien, de momento, para ayudarte a tomar una decisión extraordinariamente dura. Es más, desde este punto de vista, y contra mi opinión general, casi te diría que debes aceptar. Pero siempre y cuando no te engañes y no otorgues a la oferta de Armstrong más de lo que es su valor: una oportunidad de oro para dar un primer paso en una decisión muy dolorosa. ¿No te parece una señal del destino?

No me entiendes, no me entiendes.

Claro que te entiendo, perfectamente.

Es mi vida, no mi matrimonio, lo que está en juego. Lo que pasa es que mi vida se va a llevar por delante mi relación y eso es algo que me afecta totalmente. Pero es mi vida lo que manda. Y si no fuera así, yo no me habría dado cuenta de que mi relación con Marcos se hunde por su propio peso, porque mi vida es más fuerte que esa relación, porque él ya no puede, o no quiere, seguirme ni yo puedo exigírselo, sean las que sean sus razones. Te lo he acabo de decir y no quieres entenderlo, pero me parece tan claro, tan evidente... mi deseo de seguir, de ir más allá, es lo que me hace entender, que yo..., no sé, no sé cómo decirlo.

Lo has dicho antes: que eres más inteligente que él. Que tu talento te impide seguir conviviendo con él.

No seas tan brutal, por favor, no seas salvaje. Es tan horrible expresarlo así que no lo soporto. No lo soporto. De verdad, me asusta.

Y ¿por qué te asusta eso tanto?

Me da miedo, ¿cómo no va a darme miedo?

Seguro que lo sabes.

¿Saber?, ¿el qué?

Yo lo entiendo, una persona inteligente lo entendería. Es difícil de asumir, pero no de entender; pregúntate por qué no quieres entenderlo.

No soy como tú. No sabes lo difícil que eres a veces. No me vuelvas loca. ¿No tienes una pizca de compasión?

¿Por quién? ¿Por él? Por ti, no, desde luego. Los espíritus fuertes no necesitan de compasión. La compasión en un sentimiento pequeño. A mí sólo me interesan los grandes sentimientos: el amor, el odio, la venganza, el deseo de poder o de saber... Ahí es donde la vida alcanza de verdad sus límites y los desborda. Donde reinan las grandes pasiones no hay lugar para sentimientos pequeños como la compasión o la misericordia.

Y mi vida, ¿no está en un límite?

¡Justamente! Ahora sí que te acercas a la grandeza. No lo conviertas todo, pues, en un caso de ampliación de estudios. ¡Vive!

Es una lástima que ya no seas mi maestro.

Acabemos, entonces, con esa relación. Es el momento.

Esa relación, ahora lo veo, está acabada desde hace tiempo. Lo que no comprendo es tu satisfacción. Te veo igual que a ese astronauta que ha salido al exterior de la nave a efectuar una reparación de la que depende el futuro del viaje espacial y, de pronto, cuando consigue arreglar el desperfecto, el cable que lo une a la nave se rompe; él se queda flotando en el vacío infinito y, mientras se aleja para toda la eternidad, sonríe y agita los brazos al resto de la tripulación, estupefacta y desesperada. Te estás yendo cada minuto que pasa y eso te llena de alegría, pero no entiendo por qué.

En esa escena, si no recuerdo mal, lo que ocurre es que le entra un arrebato y se suelta él mismo; y no se sabe si es un acto de generosidad porque no hay oxígeno para todos o una especie de embriaguez sideral, como las que les ataca a los buceadores cuando sobrepasan cierta profundidad.

Pues peor aún.

La noche cae sobre nosotros. Es hora de recogerse.

No quiero meterme en una casa, no puedo. Volvamos y yo recojo mi chaquetón y me voy a dar una vuelta.

Entonces te acompaño.

Escucha. Creo que esta conversación se ha metido demasiado en mi vida como para no poder continuar sin hacer más daño y no tengo ninguna gana de seguir por ese camino. No creo que puedas ayudarme en nada y eso es lo único que necesito. Ni siquiera ayuda, me parece que lo que necesito es compasión, consuelo..., algo de eso; para lo cual no me vales, porque seguirías metiendo el dedo en la llaga, no puedes evitarlo, te puede la pasión por la lucidez. Que es una pasión perversa, por cierto. En fin, ya me has ayudado en lo que me podías ayudar, que es haciéndome la puñeta hasta que confesara lo que de verdad llevaba dentro; para eso eres insustituible. Pero eso es propio de una purga, eres una purga y, conseguido el efecto deseado, ésta deja de existir. Hasta la próxima, señor Purga, me has hecho polvo el estómago, pero me has hecho mucho bien. Ahora me curaré poco a poco y, en cuanto me quepa algo en el cuerpo, comeré. Yo sola, eso sí. Yo sola.

Qué lástima, ahora que empezábamos a conocernos...

¿Es que nunca te vas a quitar la máscara?

Nunca.

Lo harás. Lo habrás hecho, pero, claro, yo no me he enterado. En fin, no sé. ¿Qué va a ser de mí? Prefiero no pensarlo.

Ahora sí que me gustaría que la noche se detuviera y no llegase la hora de volver con el peso de la verdad a cuestas. ¿Ves a lo que lleva el deseo de entender? Me gustaría ser tonta, tonta de remate, tonta del culo. Sería feliz.

No me digas.

Tonta y feliz, ¿te imaginas?

Ahórrate el número que vas a empezar a interpretar. No soy tu público.

Pues no creas que no lo he pensado de vez en cuando, eso de dimitir de la inteligencia.

Hay que ser muy tonto para confundir la felicidad con la tontería.

Mira, eso ha estado bien. Pero, oye, ¿es que no me vas a dar un respiro? Todo el mundo tiene una noche loca alguna vez en su vida.

Ah, si estás dispuesta a que ésta sea una noche loca, cuenta conmigo incondicionalmente.

¿Otra vez con lo mismo? Me temo que los malos pensamientos te llevan rondando todo el día. Te conozco, no has cambiado nada.

Todos tenemos nuestras debilidades, qué quieres que te diga.

Es horrible eso, ¿no?

¿El qué?

La confusión de la felicidad. Me recuerda a un vagabundo que veo de vez en cuando cerca del portal de mi casa, uno de esos seres ennegrecidos por la roña, que suelen tener unos asquerosos pies descalzos y llenos de costras en mitad de la acera y que el pelo les crece como a un animal salvaje. Yo lo veo sentado en la calle, con un cartucho de vino entre las piernas extendidas y moviendo los brazos por encima de la cabeza como si fuera un bailaor que agoniza, hundiendo la cabeza en el pecho... y me produce tanta tristeza y tanta compasión que me entran ganas de abandonar este mundo. Y, sin embargo, si te acercas a él, escuchas un canturreo. Te lo digo porque me acerqué para echarle unas monedas; al fin y al cabo, que tenga para vino. Pues cantaba y, al escuchar el canto, me di cuenta de que estaba contento, ahí, en otro mundo, pero contento. Él está casi todos los días más contento que yo, zumbado de vino en mitad de la acera, y a mí lo que me da es pena. Sinceramente: ¿no es atroz?

No te sigo, querida. Mí no entiende.

Sí que entiendes, sí, lo que pasa es que te parece una estupidez lo que estoy diciendo y quizá tengas razón. Pero también la vida es estúpida y a mucha gente le puede parecer estúpido que tú estés aquí perdiendo el tiempo y perdido de todos y, sin embargo, tú, feliz y contento. Lo mismo que el vagabundo borracho. Yo le doy para vino, cosa que no haría contigo, claro, a ti vengo a verte por egoísmo, porque necesito, necesitaba, hablar y, lo que son las cosas, en Madrid no tenía a nadie con quien hablar. En fin, siempre hay alguien, pero yo sabía que quería venir a verte. ¿Me estoy liando, no? Pues el vagabundo allá sigue. Hoy no estará. Por cierto, es curioso, pero los fines de semana nunca está en los alrededores de casa. Es sólo en horario laborable, ahora que caigo. Oye, ¿no será aún más feliz de lo que sospechamos?

No me vas a dejar en paz, ¿verdad?

Esta noche, no.

Y eso ¿qué quiere decir?, ¿que mañana sí?

Sabes muy bien lo que quiere decir.

¿Por qué hay cosas que se repiten siempre de la misma manera?

Porque las deseamos de la misma manera.

¿Y cuando no sucede así?

Las cosas simples y naturales suceden siempre así. Vamos, no sigas hablando.

Está bien, no insistas más. Me rindo.

¿Así, con esa sonrisa?

No sé sonreír de otra manera.

Ésa es tu debilidad.

Siempre lo ha sido.

¿No me oyes, verdad, Fausto? No, ya no me oyes. Así es la noche, un silencio del cuerpo. El alma, entonces, vaga y descansa. ¿Qué haces tú, alma mía, a estas horas, qué esperas mientras la noche pasa? Tú no descansas en este cuerpo despierto, ya lo sé. Pero yo no quiero dormir, no. ¿Quién no vela cuando su vida está en juego? Toda mi vida se precipita en esta noche y no estoy tranquila, no es un encuentro feliz sino desdichado. Sin embargo, esta desdicha que alimenta mi inquietud ha venido con la noche y es también grata, como la misma noche. Qué extraña sensación, verdaderamente. Parece un dolor y parece un bálsamo. Por eso te hablo, alma mía, con sosiego, porque hallo un delicado placer en hablar contigo mientras dura la noche. Es como si el daño no hiciera mella en nosotras, cualquier daño, pero también el que nos tiene despiertas. Me recuerda a los relatos infantiles, en los que el mundo es autónomo, todo sucede en un espacio que se abre y se cierra en la imaginación, de manera que lo hacemos entera y felizmente nuestro, pero cuya recaída en la realidad es igualmente cierta, como lo es una noche en vela, o como lo son las doce campanadas del cuento de la Cenicienta. ¿Qué va a ser de mí, dime, cuando amanezca? Ahora estoy en paz, una paz preciosa y extraña, pero es un plazo. Luego me espera la desdicha y yo no la deseo, quiero hacer algo por alejarla, no sé el qué. Tampoco la temo, pero si no sé qué hacer con ella me devorará hasta que deje los huesos mondos, te deje a ti, alma mía, descarnada. ¿Qué va a ser de mí, qué te parece? Pero ahora la desolación me parece también un acto de serenidad, quizá porque la soledad en la que estamos nos cuida como un abrigo en vez de abrirnos como una desgarradura, esa suerte tengo al estar contigo, alma querida, en esta situación de pesadumbre. Porque yo sólo busco una meta y esa meta es no desperdiciarme. Sí, eso es lo que quiero. En medio de toda mi confusión, eso es lo que quiero. La vida es un merecimiento y, entre tanto desconcierto, eso es lo único que no puedo olvidar, porque sería como olvidarme de mí misma y de ti, que a fin de cuentas eres todo lo que tengo. Si te perdiera me perdería yo y si me pierdo ¿de qué sirve vivir, no es cierto? Aún recuerdo aquella vez en que te fuiste y me dejaste en mi cuerpo y creí morir, como mi pobre niño, pero tu vuelta, alma mía, fue el encuentro más dulce del mundo y quizá entonces comprendí que no había otra forma de vivir que unida a ti y que eso era lo más importante de mi existencia. Por eso sé que es mi vida, no mi matrimonio, lo que está en juego ahora y, sin embargo, mi miedo estaba ahí, en mi matrimonio deshecho, cuando no entendía que era mi propia vida, precisamente, la que lo deshacía; por eso sé cuánto necesito de la belleza y verdad de Keats para seguir adelante. Mi antiguo maestro no tiene fe en mí, ¿lo sabías? Tampoco entiende el dolor que me causa tomar una decisión como la que quizá me vea obligada a tomar. Para él, una constatación zanja un asunto. Tu marido, me dice, no tiene tu inteligencia y eso romperá el equilibrio de tu pareja. Lo he temido tanto, ahora me doy cuenta de que lo he temido tanto... que, posiblemente, poder decírmelo al fin en voz alta, poder arrojar luz sobre esa sombra imprecisa, haya sido un alivio aunque me tenga tan despierta. Además ¡hacía tanto que no hablábamos, tú y yo, de esta manera! Pero para mí, la conciencia de saber que, en efecto, ir adelante es romper una compañía que también me produce felicidad, manifiesta lo único que una acaba aprendiendo al vivir: que toda felicidad nace del dolor, como el hijo que nace del dolor de la madre, y que el dolor la acompaña necesariamente, como una marca. Quién sabe si la felicidad no es imposible sin el sufrimiento, ¿verdad? No quiero desperdiciarme, alma mía, y te siento contenta de oírmelo decir. Ahora he de decidir si mi amor por la belleza y la verdad es tan poderoso como yo lo siento o se trata de un engaño con el que esconder mi propia fragilidad. Vuelvo a dudar. ¿No es un empeño loco?, ¿no será más que la ilusión de ser, el propio deseo de ser lo que me ciegue y, llevándome lejos de los míos, me abandone en algún lugar desafecto donde al fin muestre ser nada, una mera ilusión, un deseo desnudo de toda carne, un esqueleto burlón que ríe estrepitosamente ante mi decepción y mi impotencia? Este miedo me hiela y no tengo ya a quien pedir consejo. Mientras tanto, la noche pasa y vendrá la luz, cayendo sobre el mundo y sobre mi temblorosa esperanza. Ya no tengo elección porque, lo mismo que la luz, la certidumbre ha desalojado las sombras de mi vida y ahora sé; haga lo que haga, sé; y lo que he visto se extiende como la tierra bajo la luz del día: es inmensa e inabarcable, su propia inmensidad da miedo, pero hay que vivir en ella o enterrarse. Al disipar el engaño me he mostrado a la luz y ya no puedo evitar saber. Como Cortés, he quemado mis naves. ¿Deseaba hacerlo? ¿Lo hubiera hecho de haber sido consciente de que me condenaba? Quizá no, pero en eso consiste vivir. Si yo ya supiera, ¿cómo podría ser mejor? Ésa es la gran pregunta, porque merecerse algo significa adentrarse en lo desconocido. Mi antiguo maestro hubiera sido incapaz de revelarme esta verdad, alma mía, pero yo me lo he dicho a mí misma y ése, quizá, sea el paso siguiente por un camino de belleza y verdad.

Cinco

Hermoso día, limpio y transparente. Espero que te guste este cambio de tiempo. ¿Has desayunado ya? ¿Has dormido bien?

La verdad es que no he descansado mucho, gracias.

Yo, en cambio, he dormido como un niño; pero te he echado de menos esta mañana. ¿Te escapaste para seguir durmiendo aquí, en el salón? Bien podrías haber vuelto. Es tan grato despertarse juntos...

Preferí esa covacha que tú llamas tu cuarto de invitados; no quería despertarte. Dormías como un niño y con la conciencia tranquila, así que me pareció mejor dejarte tranquilo.

¿Qué es lo que podía intranquilizar mi conciencia? ¿O es la tuya a la que te refieres? No me digas que te sientes mal. Ah, ya veo, tienes la conciencia revuelta, *ma belle*.

No, no me siento mal. Pero, en cuanto a tu comentario, déjame que te diga que lo tuyo no es el tacto ni la delicadeza de sentimientos, francamente.

Tacto, mesura, educación, ¿por qué hablar de eso ahora?

Porque es agradable. La sensibilidad, el cuidado, la atención... son cosas que hacen la vida agradable, ¿sabes?

Puedo volver a entrar y empezar de otra manera si eso te satisface. ¿Lo hago?

Por favor.

Bonjour tout le monde! Ah, querida, ¿estás aquí? Hermoso día, ¿no te parece? Los bellos días suceden a la bellas noches. ¿Has desayunado ya?

Mira que eres gamberro.

En fin, no insistiré más en mejorar la escena porque tengo hambre y necesito del olor de las tostadas para acabar de despertarme.

Creo que iré a pasear por ahí afuera mientras desayunas.

¿Me vas a dejar solo? ¿Esta mañana?

¿Me vas a dejar hacer lo que me apetece?

Lo mejor que puedes decidir es quedarte un día más, porque puedes hacerlo y porque te vendría muy bien un día de relax total, después de tanta discusión y de tanto problema. Has estado muy tensa, no sé si te dabas cuenta, supongo que a causa de lo reacia que eras a sacar afuera el corazón del problema. Pero ahora las cosas están claras. No, no me refiero a las decisiones sino a la situación. Y, en cuanto a las decisiones... ya sólo son decisiones, no dudas, no brumas. Quédate. Va a ser muy bueno para tu espíritu.

Y para tu cuerpo, ¿no?

Por favor, no hagas distingos. Todo está mezclado, ¿y qué? Tiene sentido.

Perdona, no quería ser desagradable. Estoy pensando en otras cosas. Esta noche he estado pensando, mientras dormías. Me hace gracia que consideres que las cosas están resueltas. Ay, maestro, qué lejos te has ido.

Yo no me he movido de mi lugar.

Tienes razón. Me he movido yo.

Te hablo en serio: no puedo creer que estés otra vez dándole vueltas a lo mismo.

No es eso. Es... parece mentira que no lo entiendas. Una decisión se toma, o bien a la desesperada, o bien sobre una conclusión. Esta segunda es la opción más dura, porque se toma en estado de lucidez, no en estado de necesidad imperiosa; y la lucidez, como tú dijiste y pareces haber olvidado, es una herida que no cauteriza. Yo sé soportar el dolor, pero lo temo, no me gusta, a nadie le gusta; el mismo Dios dijo en su noche amarga de víspera, antes de ser prendido y crucificado: «Padre, si es posible, aparta de mí este cáliz».

Blasfemia.

No soy diosa, soy una mujer; no me equiparo a él, sólo hago constar que lo mío es más duro. ¿Eso es blasfemia? Los humanos no disponemos de los recursos de los dioses, por eso aceptamos la compasión. Pero yo no cuento con la tuya porque esta noche te has quedado ciego y ya no me ves.

Parece que todo se tuerce.

Para ti.

Dime: ¿qué vas a hacer?

Si yo lo supiera...

Mi consejo es que te vayas.

Es curioso. Ayer casi hubiera jurado que estabas celoso de Armstrong.

Aunque así fuera.

¿Eso es generosidad?

Es lógica.

La lógica te mata.

No, a mí no; es un territorio muy familiar, cariño. Te mata a ti, que no sabes apreciarla. La lógica es fría, sí, pero imperativa. El problema es que, cuando habla, decide. Y ahí, si no quieres entrar, estás perdido.

Mira, la lógica no es más que una parte de la Filosofía.

No te escapes. Sabes muy bien lo que has querido decir cuando dijiste que la lógica me mata. La lógica como una manera de ordenar la vida, ¿no es así?, la lógica como una manera de vivir, ¿verdad? Te referías a mi vida, no a la Filosofía. Pues en tu manera de vivir ha entrado esa clase de lógica. Tú sabes ahora que tu vida matrimonial está condenada en cualquier caso. *En cualquier caso*, eso es lo que dice la lógica. Y eso te coloca en el disparadero, porque no hay más que dos opciones: o lo aceptas o te engañas; aceptar significa romper el vínculo, o la convivencia, por lo menos; no aceptar significa entregarse al engaño, que es un tobogán. Y ahora, dime, ¿es o no es concluyente esta situación? No hay ya duda que valga. El asunto se ha convertido en pura acción.

¿Tú siempre has resuelto tus problemas así?
¿Hay otro modo?
Te he hecho una pregunta.
Lo he intentado siempre.
¿Ves cómo te escurres?
Te he dicho que lo he intentado. El azar también tiene una parte en los resultados, si es lo que quieres saber.
Mira qué listo. Yo sólo te pregunto que si siempre has tomado tus decisiones sobre lo que la lógica te ha dictado.
Lo he intentado.
¿Las has tomado, maldita sea?
Las he tomado.
Estás mintiendo. Hay un agujero negro en tu conducta, lo siento con tal seguridad que apostaría a ciegas por ello. Pero da igual. En todo caso, la decisión es un mero acto de voluntad; lo verdaderamente importante, lo terrible y desgarrado es la asunción del dolor. Me pregunto si alguna vez, además de tomar una decisión, has elegido el dolor con ella. Tú, lo que estás poco menos que exigiéndome es que confunda la evidencia con el olvido. «Si la relación con tu marido ha dado de sí todo lo que podía dar y eso ya no te vale, déjalo, olvídalo». Pero en medio está el peso de la vida en común y, además, mis dos hijas vienen de ahí. Hablas como si todo consistiera en soltar lastre... No sé mucho de tu relación con Sara, pero, además, vuestra relación no generó hijos y la mía sí. Hijos consentidos, queridos, por los dos; criados en una vida conjunta. Eso son años de afecto imborrable. Imborra-

ble. Sí, la claridad te deja ver; incluso te puede dejar ciego también, pero no evita el sufrimiento, no evita el daño que supone violentar toda una historia personal, violarla incluso, porque es así de brutal. Eso es lo que me estás poco menos que exigiendo, de repente, sin venir a cuento, como si desearas que decidiese y olvidase cuanto antes. No te das cuenta de que es mi amor y mi vida la que se viene abajo. ¿Cómo voy a prescindir de eso? Está aquí, dentro de mí, y tú parece que quieres que me quede a solas contigo. ¿Es eso lógico? Es atroz. Y tu frialdad me exaspera, no puedo evitarlo. ¿De dónde vienes? ¿Dónde están tus sentimientos, dime? ¿Es que no sabes vivir con ellos?

Estoy abochornado.

Por Dios, olvídate de ti de una vez. No me importa eso ahora. ¿Qué me importa a mí si estás abochornado o delirando? Vas a acabar con mis nervios.

Es mejor que te deje. Me voy a dar un paseo.

No. No te lo tomes así. Anda, vamos los dos.

Quédate sola, un rato, hazte un té, mira por la ventana, mete la cara entre las rodillas..., esas cosas que haces tú cuando te encuentras a gusto. ¿No ves que ahora no estás ni para mirarme?

Venga, no me acaricies con tu verborrea. Si sólo ha sido un pronto.

Un pronto repentino, como decía el otro, ¿no?

Me vas a hacer reír.

Perfecto. Entonces me voy, te ríes sola, te relajas y nos encontramos dentro de un rato.

Pero si yo...

Hazme caso. Hazme caso, por favor; te lo pido por favor. ¿Está bien? Chisss, silencio. Me voy. Dentro de una hora, al pie del camino del faro. Adiós. No hables. Adiós.

¡Ah, pero ésa es otra cara!

¿Te parece?

A media mañana siempre estás más guapa que a primera hora.

¡Qué sabrás tú!

Sólo hablo de estos justos días, claro está. ¿Te encuentras mejor?

Te dije que me encontraba bien, pero, sí, ya han desaparecido los nervios.

Adiós, nervios, y no volváis.

Mira que eres ganso.

Oye, no tengo edad para sobrellevar ese tipo de comentarios si no es pensando que te burlas de mí.

Piensa lo que quieras, ganso.

Está bien, me lo merezco.

¿Subimos al faro?

De acuerdo.

He pensado irme antes de comer.

Por favor, no me digas eso. ¿Sin comer, además?

Pararé a tomar un bocadillo por ahí. No me gusta conducir con el estómago lleno, me da sueño.

Pero es absurdo. Habrá mucha circulación. Los domingos es un horror. Es más sensato que te quedes hoy aquí y mañana, que es lunes, te vas, si quieres, a primera hora.

Soy yo la que va a soportar la vuelta de fin de semana, no tú. Además, la gente no sale tanto en esta época.

La gente circula mucho entre provincias los domingos; son desplazamientos familiares clásicos. Te van a dar una lata insoportable y, sin duda, la entrada en Madrid será mala de todos modos.

Es mejor que vuelva hoy.

Está bien. Confieso: todo lo que he dicho es verdad y para alguien que no tiene que trabajar el lunes es de una lógica aplastante. Pero no es eso. Además, quiero que te quedes, lo admito. Lo deseo mucho.

Ya lo sé.

Entonces medítalo. Medítalo hasta el faro, no te pido más, no intentaré convencerte. O sí, sí intentaré convencerte si persistes en volver, pero lo haré de una manera perfecta; lo haré de manera que no te sientas forzada y, al mismo tiempo, no puedas rechazarlo.

Me encantaría, pero quiero volver.

Hasta el faro. Ida y vuelta. Si no, nos despedimos aquí.

¿Aquí? Pero si tengo mi coche y mis cosas en tu casa. No me harás ir sola a buscarlos...

Ése será tu castigo. Yo te despediré aquí, al pie del camino del faro después de haber ido y vuelto juntos por última vez; y te despediré con una sonrisa en los ojos y un rictus de dolor en los labios.

Tú sí que eres un castigo.

El faro a la luz del día, ¿lo ves?, es muy simple; parece un mecanismo, lo mismo que un automóvil o una polea. De noche, en cambio, es misterioso: un mensajero, un latido, una advertencia.

Un foco de soledad.

Ésa es la visión poética: el farero solitario y huraño, aislado en los días de borrasca, un ser extraño y romántico que elige una existencia de eremita o poco menos, avisa de los peligros de la costa y guía a los barcos, un hombre en el límite entre la tierra y el mar al que se supone la sabiduría del pensamiento en soledad. Es una buena imagen para toda clase de poemas, pero hoy en día su función es la de un mecánico y, dentro de poco, operará, si no lo hace ya, con un ordenador desde su casa confortable, bien alejado del azote del viento y de las olas. Estos tiempos no son aventureros ni poéticos sino bien prosaicos. La aventura retrocede, la imaginación es sólo un fusible que se quema de cuando en cuando para proteger de cualquier avería la realidad más mostrenca.

Pareces uno de esos que se dedican a vivir de derribos.

Qué va. Yo no saco nada en limpio de los derribos. Yo miro, veo y me digo: menos mal que no he traído a nadie a este mundo para que se vea obligado a vivir donde yo no desearía ni a mi peor enemigo.

Pues yo, en cambio, he traído dos seres al mundo, igual que me trajeron a mí.

A ti, como a mí, nos trajeron por inercia.

Yo, a mis hijas, no.

Porque, querida, las mujeres sois germinativas. La mitología os asocia a la tierra.

¿Y para llegar a esa conclusión has estudiado tanto?

No. Eso es una evidencia. Una conclusión, en cambio, es decidir que no quieres procrear, responsabilizarte de traer nuevos seres humanos a este mundo de inhumanidad.

Eso ya lo dijo Jean Paul Sartre.

Que era un tipo antipático, pero de mi quinta.

¿De tu quinta? Mira que eres gracioso.

En fin, dejemos ese tema porque creo que no es muy correcto planteárselo a nadie que tiene hijos. Te estaba diciendo que, hoy en día, un faro es una máquina evidente y, de noche, en cambio, todavía parece un misterio.

Sí, pero en esta punta estamos abiertos al mar de una manera, cómo decirlo, extrema y desnuda; y el mar es un misterio día y noche y aquí es donde nos hemos sentado a contemplarlo. Keats: *La belleza es verdad, y la verdad belleza. En la tierra, eso sólo sabéis, y es cuanto os hace falta.* ¿Lo ves? Eso es lo que siento yo aquí y me parece magnífico. Con todo mi pesar, con toda la angustia que tengo metida en el cuerpo, esto me parece magnífico y único. Y cada vez que respiro me vuelve a parecer lo mismo: único y magnífico.

Es tu alma romántica.

No. Créeme. Hay algo en la oda de Keats que remonta el Romanticismo y se adhiere a la modernidad. ¿No ves cómo vuelve a hablarnos de la fugacidad, a fin de cuentas? Pero no es la constatación genial de Baudelaire, cuando descubre, estupefacto y quizá maravillado de su propia audacia, en la *passante* de su poema, la intuición de que la idea de eternidad, para el hombre moderno, es la de instantaneidad: *O toi que j'eusse aimée, ô toi qui le savais!*[*] No. Déjame que te explique. En Keats está la sugerencia de que la belleza y la verdad son tan fugaces como nosotros mismos, pero que algo esencial se renueva a través de

*«¡Tú a quien hubiese amado. Oh tú, que lo supiste!».

esa fugacidad y que esa esencia, sin embargo, sólo tiene sentido entre los hombres y mujeres que pasan en la medida en que su paso es fugaz, pero su sucesión es constante. Tú no lo entenderás, porque has bebido un vaso de veneno negro, pero mis hijas sí lo entenderán y continuarán. Eso nos hace tan inmortales como a los que pasan ante la urna de Keats.

¡Palabrería!

¿Te ha dolido, eh? Hay un camino en la belleza de la obra de Keats que es verdadero. En otros grandes poetas, también, pero, para mí, en Keats. No sabes la cantidad de tiempo de reflexión que he empleado traduciendo sus odas; no por conseguir la perfección, porque la poesía es, en efecto, intraducible, sino porque cada nueva propuesta que me hacía a mí misma traía un mundo de reflexión consigo. Un mundo inagotable.

Lo agotarás, me temo.

No. Como no agotaría este mar desde esta punta. El mar no es solamente hipnótico, como el fuego; si dejas que se adentre en ti, puede ayudar a desatar en tu alma las mismas corrientes que lo gobiernan, la misma luna que rige sus mareas. Es un ir y venir que transcurre con la fiabilidad y la incertidumbre de la vida misma. Es una representación de la vida misma que puede abrirte el cuerpo lo mismo que la mente. Sólo abrirlos, sin decidir nada más que eso. Así es la vida, amigo mío. Así es la vida.

De todas maneras, este mar enorme también me produce angustia.

Como la eternidad, quizá. En cierto modo, esta inmensidad es sólo un pálido aviso de la eternidad. La eternidad es algo que me cuesta extraordinariamente concebir. Creo que es la única noción que me produce angustia.

Anda, ¿me ha parecido escuchar algo semejante a una confesión de sentimientos?

Todos tenemos sentimientos, querida mía.

Sí, pero esconder los sentimientos es la fórmula masculina de la valentía.

¿Ah, sí? ¿Y cuál es la fórmula femenina de la valentía?

La de las mujeres es, sencillamente, la capacidad de soportar el dolor.

No puedo creer lo que acabo de oír.

Pues comienza en la menstruación y culmina en el parto. Son dolores reales y dolores emblemáticos. Una mujer aprende a convivir con el dolor mes a mes cuando se hace mujer; y su condición de dadora de vida pasa por el dolor.

Eso era antes. Ahora la medicina se ocupa de vosotras cuidadosamente. Hoy en día la cotidianidad arrasa con todo. Destruyó la tragedia, destruyó la épica, está destruyendo el drama y se dispone a entronizar la simpleza. Un día se clonarán hijos y también diremos adiós a tu imagen mítica de la *mater dolorosa*.

A ese futuro yo ya no llego; llegarán mis hijas y sabrán lo que deben hacer o, simplemente, se dejarán llevar por el tiempo. Yo hablo de lo que conozco.

Mirar lejos forma parte de la ambición inteligente. Tú dices que quieres ser alguien, o algo así; bueno, pues, en ese caso, convendrá que penetres en el futuro con tus bellos ojos. Si no, ¿a qué aspiras?

Yo no aspiro, creo que te lo he dicho en algún momento, a pasar a la historia. Es más, estoy pensando que quizá el hecho de ser mejor no pasa necesariamente por alcanzar fama y honores gracias a mis estudios sobre el Romanticismo inglés. Anoche estuve pensando que ser mejor es algo parecido a merecerse la felicidad. No parecido a la felicidad, sino al hecho de merecérsela, que es donde se esconde probablemente la propia esencia de la felicidad. Y, si es como yo digo, ser mejor es ser generoso. Si yo soy generosa, es decir, si actúo sin esperar otra contrapartida que sentirme bien yo misma, es cuando empiezo de verdad a valer. ¿Eso puede ser? Dime: ¿eso puede ser?

¿No suena un poco egocéntrico y más bien falso?

Tú no tienes hijos, pero tampoco has meditado sobre esa experiencia, me parece a mí. Si pensases un poco en ello, te darías cuenta de que no existe en el mundo acto más loco de amor que tener hijos. Me refiero a unos padres conscientes, no al resultado de un polvo, ni al deseo horrible de asegurarse la vejez, ni al ejercicio de la posesión, ni a tener hijos porque no hay más remedio... Pues no existe acto de amor más loco porque, dime: ¿no te has planteado nunca que un hijo es alguien a quien quedas atado por el corazón para el resto de tu vida? Pues bien: ese compromiso de amor, superior al de tu pareja –que es, no lo olvidemos, el amor engendrante, nada menos–, lo pones en unos seres *cuyo destino es alejarse de ti*. ¿Se te ocurre un disparate mayor?

Visto así, es masoquismo *en état pur*.

Visto así por ti. Yo creo, en cambio, que es el acto de amor más generoso y desprendido que pueda darse y, a quien es consciente de eso, y se convierte en padre o madre, lo admiro con todo mi corazón y con toda mi inteligencia.

Es cierto que las parejas cambian porque el amor muere y parece, en cambio, que el amor paterno no muere nunca... excepto cuando muere, se entiende. ¿O cuando no lo ha habido? Bueno, da igual, yo me pregunto si el amor paterno –y materno– no se debe a unos principios atávicos antes que a un código de conducta plenamente asumido.

Mis hijas nunca se irán del todo y mi matrimonio me ofrece una felicidad pequeña pero confortable: me parece que eso es lo que he creído hasta hace bien poco. Pero, desgraciadamente, si quieres mirar te obligas a ver. Entonces hay que actuar y quieres y no quieres. Has de tomar una decisión y no sabes si detenerte y olvidarla o dar un paso al frente. El alma da una orden al cuerpo y es inmediatamente obedecida. Pero cuando el alma da una orden a sí misma se resiste. Ése es el nudo. Y, sin embargo, en cuanto a mis hijas, yo las volvería a engendrar. Lo que me digo entonces es: si yo soy capaz de engendrarlas, ¿cómo no voy a ser capaz de engendrarme a mí misma?

Qué confusión, *ma belle,* qué confusión. ¿Recuerdas aquella regla que decía que en Filosofía no se puede saltar del orden lógico al ontológico? Pues tú, en lo tuyo, acabas de dar un salto muy parecido.

No veo por qué.

Imagino, además, que de esa disparatada conclusión se deduce que la gloria de ser una eminencia del Romanticismo inglés pasa a un segundo plano, como decías antes.

¿El qué? Ah, eso. Sí. No estaba hablando precisamente de eso en este momento, pero sí, ya que lo mencionas. Lo que quería decirte es que el problema es de generosidad y con la primera persona con quien has de ser generosa es contigo misma.

Me recuerda aquello de la caridad bien entendida, que empieza por uno mismo según la doctrina cristiana.

Yo no hablo de caridad. La Iglesia siempre entroniza las virtudes pequeñas, la caridad, la misericordia..., y abomina de las grandes pasiones.

Eso no se tiene de pie. Y conste que soy un ateo recalcitrante.

Por eso mismo acabarás recibiendo la extremaunción.

Bueno. Tú lo verás en su día, si es así.

Y ser generosa contigo misma significa ante todo y sobre todo no ser egoísta. No como tú, que siempre te las arreglas para acabar hablando de ti.

El tiempo pasa. ¿Sigues decidida a irte?

Sí; creo que sí.

Me dejas desconsolado.

Lo sé y lo siento. Pero ahora necesito estar sola de verdad.

¿Sola? Vuelves a Madrid.

Te hablo de un estado de ánimo, no sé en qué estás pensando, la verdad, no puedes ser tan torpe. Llevo algo dentro que es demasiado poderoso para mí todavía, por eso necesito la soledad.

Aquí hay soledad, toda la que desees.

Aquí estás tú. No te lo tomes a mal, pero eres un elemento disturbador. Yo necesito quedarme conmigo misma.

¿En Madrid?

Mira que eres pesado. Lo que yo vaya a hacer en Madrid, por Madrid o sin Madrid no es asunto tuyo.

Sé que te irás a Inglaterra, te conozco demasiado bien.

Ya no me conoces, aunque te duela.

¿Dolerme? Eso tiene gracia. En fin, prométeme al menos que no interrumpirás nuestra correspondencia aunque te vayas al país de Keats. Soy un tipo morboso y este asunto me atrae mucho, quiero saber cómo termina.

Tú ya lo has decidido. Tu morbo es un mero ataque de vanidad: te encantaría comprobar lo que piensas: que irme es una huida hacia adelante. Y siempre te ha producido una inmensa satisfacción tener razón, poder decir: ya te lo advertí. No puedes vivir sin eso. Lo que ahora pienso es que eso sucede cuando se acepta entrar en tu círculo, donde las normas las fijas tú y puedes dirigir los destinos de las personas que toman ese conjunto de normas como una visión completa y cerrada del mundo. Pero el mundo, y la realidad, son inabarcables y tratar de regirlos es como poner puertas al campo.

Jamás pretendería algo así. No creo que lo digas en serio, salvo que pienses que me he convertido en un idiota y, entonces, peor para ti.

Mira, ya sé que tu cabeza no podría aceptar jamás la idea de que a la realidad se la embrida, pero actúas como si fuera así. Ésa es la diferencia. Porque tú no pretendes ser mejor, no creo que lo hayas pretendido nunca y eso te permite vivir esa duplicidad que te acabo de decir; quizá hayas deseado ser *el* mejor, sí, eso es posible; quizá bajo tu modo de estar de paso sobre las cosas haya un pozo inmenso de vanidad lleno hasta la misma boca y del que te alimentas; pero tú nunca has deseado ser mejor, sólo has deseado a los demás. Quizá has hecho daño, mucho daño, a mucha gente que ha acudido a ti para saber y, al enseñarlos, te has quedado con sus almas. ¿Has pensado en eso alguna vez?

Me gustaría hacerme con tu alma, lo confieso.

¿Ahora? ¿Para qué?

No sé decirte. Me gustaría, simplemente.

Empiezo a creer que siempre has sido así, tan posesivo; un deseo de posesión camuflado por la brillantez. Y digo lo de brillantez porque tiene una cualidad muy especial, que es la de deslumbrar. Puede que tú atrapes a la gente como a los insectos: por la luz.

Es mi método, me has descubierto. Pero contigo no lo he conseguido.

Oye, escúchame. Estoy recordando... ¿Te acuerdas de la historia que me contaste, la de tu amigo?

¿Mi amigo?

Sí, el que se suicidó su mujer.

Ah, sí, en efecto.

Yo creo que me dijiste que él descubrió que su mujer carecía de inteligencia.

Así fue.

Y, corrígeme si me equivoco, que todo lo que sucede después, todo ese pacto tan dudoso, proviene de ahí, del hecho de que, al comprender que su mujer carece de inteligencia, decide mantener la convivencia como una ficción.

No es exacto: decide mantener la convivencia sin amor alguno.

Da igual. ¿Por qué hace eso?

No. Yo creo que no da igual.

Vale, lo acepto. ¿Por qué hace eso?

¿Y qué otra cosa podía hacer? ¿Separarse de ella?

Por ejemplo.

Eso era firmar el suicidio.

No. Eso es lo que él cree en la misma medida que cree que su mujer le pertenece. ¿Y si no se hubiera suicidado?

Pues tendrás que preguntárselo a él. ¿Adónde quieres ir a parar?

Te lo pregunto a ti.

No hay respuesta.

Tú me has contado esa historia como una historia ejemplar, a propósito de mi propio dilema. ¿Qué tiene que ver conmigo?

Pues ahora que lo pienso..., nada.

Eso es lo que pienso yo, que no tiene nada que ver.

Muy bien; pues estamos de acuerdo.

Claro que tú has dicho que lo que yo no estaba sacando fuera, lo que yo no consideraba, era el hecho de decirme en voz alta que yo sí soy más inteligente que mi marido, lo digo con una crudeza que me duele, y que eso, o me lo ocultaba o pronto o tarde saldría a la luz.

En todo caso, lo que he querido decir es que, pronto o tarde, eso afectaría seriamente a tu vida y que no era lo mismo saberlo que no saberlo. Si uno sabe, su capacidad de enfrentar la adversidad es mucho mayor que si no sabe, porque en este segundo caso no identifica la procedencia del desastre.

Claro, pero eso tampoco te deja indefenso. Incluso puede que el desastre sea el que te haga ver la luz y, paradójicamente, te ayude a sacar fuerzas de flaqueza. Es que tú hablas como si las cosas se pudieran enfrentar adecuadamente sólo si una es capaz de preverlas, como si un ataque sólo se pudiera repeler si se espera, no si aparece de pronto y golpea. ¿Por qué tienes miedo a recibir un golpe inesperado? ¿Porque crees que te deja indefenso?

Querida: yo soy un racionalista obsesivo, alguien que cree en el análisis como forma de conocimiento. La previsión no me interesa como una especie de exorcismo protector para que algo no suceda, sino como el resultado lógico del análisis, de la penetración de una mente en los misterios de la vida.

Yo creo que penetrar en un misterio no es descifrarlo, es penetrar en él.

Rectifico. Entiéndeme: en la complejidad de la vida.

Rectifica todo lo que quieras: has dicho misterio.

Eso significa que cada vez hablo peor. Debe ser consecuencia del aislamiento que me reprochabas al llegar aquí.

Siempre te escurres como una anguila.

Por favor, no me canses. Ahora no me apetece discutir.

Es que he vuelto a pensar en esa historia.

¿Cuál?

La que me contaste de tu amigo.

Pero ¿otra vez a vueltas con lo mismo?

Perdona. No me la quito de la cabeza. He vuelto a pensar en ella porque me parece una historia de posesión y tú me la contaste con la intención de que resultara ejemplar, me la contaste con la intención de que meditara sobre ella. Eso es lo que estoy haciendo, ¿no? Y cada vez que lo hago me desconcierta más. La he estado llevando dentro como cuando haces una mala digestión y notas que tienes un cuerpo extraño en el estómago, un cuerpo que hay que acabar arrojando si quieres sentirte aliviada.

Pero no necesitas arrojar nada.

Sí, yo creo que sí, que lo necesito.

Vaya, se ha nublado todo.

Ese reflejo del mar es atroz pero emocionante.

Es la luz, *ma belle,* que amenaza.

Pero tiene belleza.

¿Y verdad?

No te rías de mí. Tiene belleza, una belleza dura como una cuña de plata.

No sigas mirando.

También la verdad tiene a menudo ese color. Es la luz, que ha rasgado el tejido de la nube. ¿Te das cuenta? Una franja acerada en medio del mar oscuro, una herida en el mar.

Se cerrará enseguida.

¿La herida?

La nube. La luz se va.

Pero ni siquiera es mediodía. Resulta tan extraño...

La luz regresará con la lluvia. Lo he visto muchas veces. Y nosotros deberíamos recogernos o nos va a sorprender aquí, de repente, y nos empapará en un instante.

¿Por qué no nos quedamos?

¿Tú y yo?

No. Aquí. Esperando la lluvia.

No sabes lo que dices.

Quiero ver cómo se cierra esa herida. Mira: se debilita; la franja es una línea.

Levanta la cabeza. Se avecina el diluvio.

No. Tiene que venir por el mar. Va a venir hacia nosotros.

Apresurémonos.

Está lloviendo ya por detrás de la línea.

Nos va a alcanzar y el faro está cerrado. No nos va a dar tiempo a escapar. Te aseguro que viene una manta de agua de las que te calan hasta los huesos en cinco minutos.

Es como una cortina de niebla. Va a cerrar la herida. Mira: la luz se fue. La rasgadura ha desaparecido. Sólo llueve y viene hacia acá. Es muy hermoso. Hace tanto que no veía algo así...

Vamos, date prisa.

Espera. Un momento más. Espera. ¿Hueles la lluvia?

No, la recibo. Ya están aquí las primeras gotas. Corre. ¡Corre!

¡Ya corro! ¡Me encanta! ¡Belleza y verdad, Fausto, belleza y verdad!

Uf, qué lluvia más furiosa.

Tendrías que haberte visto correr, parecías una loca de la vida, dando esa especie de brincos histéricos.

¡Qué dices! No confundas la alegría con la histeria. Madre mía, qué vida debes estar llevando aquí. ¿No te ha parecido maravillosa, la lluvia, no te maravilla esa furia tan limpia y tan plena? No hay nada como correr bajo la lluvia cuando se pone así, yo lo hacía en Oviedo, de niña, y mi madre... ¿sabes lo que te digo?, que mi madre reaccionaba igual que tú. ¿No es gracioso?

Es horrible, infantil y pedante.

¿Mi actitud, no mi madre?

¿Te quieres ir a secar? O no, mejor date una ducha, una ducha caliente si no quieres morir de pulmonía. Pasa tú primero al baño, por favor. O, ahora que lo pienso, ¿qué tal si pasamos los dos?

De eso nada, ni te acerques.

Pues date prisa.

Pobre, estás empapado.

¿Ahora te das cuenta? ¿Y tú, te has visto tú?

De acuerdo. Salgo enseguida, me cambio y cierro la maleta.

Sácame el albornoz, por lo menos.

Qué mojadura más oportuna. Eso es lo que yo llamo un regalo del cielo: no puedes irte hasta que te seques y, tal y como nos hemos puesto, eso te va a llevar el día y la noche, querida.

No te hagas ilusiones. Tengo calefacción en el coche.

La calefacción enrarece el aire, atonta al conductor y la conducción se vuelve peligrosa; una cabezada y estás fuera de la carretera.

Me voy a ir enseguida, no seas pesado.

Pero si estás tiritando...

No insistas. Y no estropees más las cosas, por favor.

Las cosas están bien. ¿Qué hay que estropear?

Nada. Olvídalo.

No, dime: ¿qué hay que estropear?

Oye: no me voy a quedar, ¿te enteras? Y ahora, ¿quieres dejarme ir en paz? Todo está en el lugar adonde ha llegado; todo está bien, pues. ¿Por qué no lo dejamos así?

A mí me gusta llegar al fondo de las cosas y, por lo mismo, me disgusta gravemente tu afirmación de que estoy estropeando todo. ¿Qué es lo que estoy estropeando, me lo puedes explicar?

Todo. Todo. ¿Por qué tenemos que acabar así?

Así que estamos otra vez como al principio. Todo esto de la claridad final era mentira. ¿Te gusta mentir o qué?

Todos mentimos. Tú mientes.

Es cierto. A veces resulta necesario mentir para poder decir la verdad.

¿Tú lo has hecho alguna vez?

Sí, por supuesto que sí. Lo he hecho las veces en que ha sido necesario.

Por fin un poco de claridad.

¿Qué es lo que está claro?

Lo has hecho conmigo, ¿verdad?

No sé a qué te refieres.

A mentir.

¿Contigo? Qué tontería.

Tengo yo razón. Tú no buscas verdad, buscas apoderarte de algo que necesitas para sentirte fuerte. Buscas nuestras almas, las de la gente que te rodea y te admira. ¿Qué haces aquí?

¿Aquí? Déjame que lo piense. ¿Buscar almas rústicas, quizá?

Vives escondido y aún no sé bien por qué, pero no has podido resistir en cuanto me he puesto a tiro. Me pregunto para qué he venido, si a ti te importaba un carajo mi problema. Mi problema sólo te interesa si te refleja a ti. ¿Qué refleja en ti, por Dios? ¿Qué es lo que quieres arrebatarme?

Tu alma. El cuerpo también, pero ése se toma y se deja y se vuelve a tomar.

Es verdad. Quieres mi alma. Por eso te enferma mi pretensión de ser mejor, de tener un peso en el mundo, de merecerme a mí misma. Eso te mata, ¿no?

Relativamente.

Sí, me has utilizado. Y me has mentido. Ahora lo entiendo.

No te enfurruñes. Cuando lo haces te pones repetitiva y cabezota. Hagamos las paces una vez más en este complicado encuentro que estamos teniendo, ¿te parece bien?

Había algo que sonaba mal en la historia de tu amigo.

¿Qué? Ah, ya, lo que te conté.

No te hagas el distraído. La historia que me contaste, sí. La del hombre al que se le secó el corazón, ¿te acuerdas de esa frase tan estupenda?

Te dispones a tirar de cuchillo. Te conozco. No lo hagas.

¿Recuerdas cuál te dije que era el defecto de aquella historia? Que estaba demasiado sesgada, ya te lo dije, no sé si lo recuerdas, supongo que sí, porque te ofendiste.

No sigas. ¿Para qué abrir heridas?

¿Ahora quieres una tregua?

No. Quiero el olvido.

La verdad es que tienes clase. Lo reconozco.

Entonces déjalo, aunque sólo sea por eso, y yo te dejaré marchar. No voy a insistir, sólo te despido.

Si pudiera ser..., pero es inútil, porque los dos sabemos. ¿De qué te vale el silencio?

Lo necesito. Eso es todo. Anda. Vete.

Otra mentira. Otro silencio. No quiero aceptarlo. Me metiste en esto tú. Incluso en estos dos días has vuelto a meterme tú. Cuando un alma te cansa la sueltas, la dejas caer dentro del caldero que hierve, como los brujos malvados de las viejas historias. Yo debí caer fuera del caldero; creo que, a pesar de todo, me resistí a abrasarme.

Por favor, no digas tonterías. Nunca te hubiera dejado caer a un caldero.

Hoy no pondría la mano en el fuego por eso, pero tampoco la pondría por nadie. Bastante tengo con intentar hacerlo por mí.

No lo hagas tampoco por ti, no seas tonta.

Tengo bastante de tonta a rachas, pero no soy estúpida. La verdad es que no sé si preferiría ser estúpida ahora, pero ya no hay remedio a nuestros males.

Entonces calla y vete.

No puedo. ¿No comprendes que no puedo?

Cállate. Calla y no sigas.

¿Ahora? ¿Ahora quieres que no siga?

Dime la verdad: ¿cómo murió Sara?
No tengo palabras.
Por favor, por favor te lo pido.
¿Por qué me pides que te diga lo que ya sabes?
¡Porque no puedo creerlo!

Aquella amante fui yo, ¿verdad? Dios mío, qué ceguera.

Mala suerte.

¿Mala suerte, pedazo de cabrón?

Sí. Sí. Mala suerte. Fue una coincidencia desgraciada.

Dos veces, Fausto, dos intentos de suicidio.

El primero fue un chantaje.

Dos veces, dos veces. Y tú tenías que mentirme y contarme esa historia. Tenías que contarte a ti la verdad sin que yo me diera cuenta, ¿es eso? ¿Para qué? De repente me pareces un personaje diabólico. Pero ¿cómo es posible?

Oh, vamos, no exageres.

De verdad, me das pena.

Gracias, no la necesito. Prefiero seguir a mi aire. Y no te excites, por favor.

No me excito, me deprimo.

La vida es sucia. La tuya también. Nadie escapa a su propia miseria. Aquello pasó, ¿qué mas da?, ¿qué va a moverlo?

Eso tú lo sabrás. Yo me voy. Me voy, ¿entiendes? No quiero verte.

Lo entiendo.

Lo entiendes, sí, tú todo lo entiendes. Ésa es tu manera de vivir, ¿verdad? Qué tristeza. Y lo peor es que te deseo buena suerte, a pesar de todo.

A pesar de que me detestas...

Ahora sí. Ahora te detesto.

Un día dejarás de hacerlo.

Probablemente, pero eso no cambia nada.

Está bien. Al final me he hecho más daño yo que tú. Deberías compadecerme o dejarme en paz.

¿En paz? Tú lo llamas paz. Tienes razón. Eso es lo que voy a hacer, dejarte en paz. Ése es tu merecimiento.

Pues entonces, buena suerte a ti. Por cierto, ¿has decidido lo que vas a hacer con tu alma?

Sí. Creo que sí.

Vaya, por fin. Y ¿puedo saber, al menos, cuál va a ser tu decisión?

Adiós, Fausto. Como tú bien dices, la vida es sucia. Pero lo que yo vaya a hacer es algo que a ti ya no te incumbe.

Madrid y Gandarilla, 1997-1998

Referencias y agradecimientos

Los versos de Keats que se citan en castellano en nota a pie de página proceden de la traducción colectiva del Taller de Traducción Literaria de la Universidad de La Laguna; los de lord Byron, de la de Pedro Ugalde; el de T. S. Eliot, de la de Ángel Flores y el de Baudelaire es, como siempre en mi aprecio, de Antonio Martínez Sarrión. La frase de Jünger es traducción de A. Sánchez Pascual y la de san Agustín, de P. Rodríguez de Santidrián. En cuanto al texto de Yeats, es versión anónima.

Mi gratitud a Ana Antón-Pacheco y a Francisco Calvo Serraller por su atenta, inteligente y alentadora lectura de la penúltima versión de la novela. Y a Eduardo Arroyo por su inagotable generosidad. También quiero agradecer a Manuel Rodríguez Rivero y a Constantino Bértolo alguna sugerencia de detalle que no he podido resistirme a aplicar.

Esta edición, revisada por el autor, tiene carácter de definitiva.